POLTRONA 27

CARLOS HERCULANO LOPES

romance

EDITORA RECORD
RIO DE JANEIRO • SÃO PAULO
2011

CIP-Brasil. Catalogação-na-fonte
Sindicato Nacional dos Editores de Livros, RJ

Lopes, Carlos Herculano, 1956-
L851p   Poltrona 27 / Carlos Herculano Lopes. – Rio de
Janeiro: Record, 2011.

ISBN 978-85-01-09078-2

1. Romance brasileiro. I. Título.

10-5837   CDD: 869.93
                                  CDU: 821.134.3(81)-3

Copyright © Carlos Herculano Lopes, 2010

Composição de miolo: Abreu's System

Capa: Carolina Vaz

Imagem de capa: Amapola Rios

Texto revisado segundo o novo Acordo Ortográfico da Língua Portuguesa.

Direitos exclusivos desta edição reservados pela
Editora Record Ltda.
Rua Argentina 171 – 20921-380 – Rio de Janeiro, RJ – Tel.: 2585-2000

Impresso no Brasil

ISBN 978-85-01-09078-2

Seja um leitor preferencial Record.
Cadastre-se e receba informações sobre
nossos lançamentos e nossas promoções.

Atendimento e venda direta ao leitor:
mdireto@record.com.br ou (21) 2585-2002.

EDITORA AFILIADA

Para meus pais, Herculano de Oliveira Lopes, pela lembrança, e Iracema Aguiar de Oliveira, personagens dessas histórias.

Para Eliana e Jacques Gontijo, em Belo Horizonte, Lúcia Riff, no Rio, Raimundo Zeferino de Carvalho, o Tim, em Paulistas, MG, e Maria Grazia Russo, em Roma.

Para Adrianne.

Este livro é ainda para Magno Geraldo Barbosa, Ismar Costa, Zezé Xavier e Pedro Jorge Sobrinho, que se foram enquanto estas histórias iam sendo escritas.

"Só me abalanço a expor a coisa observada e sentida."

Graciliano Ramos, *Memórias do Cárcere*

"Toda memória é uma aliada da invenção. O que predomina na vida é a versão."

Nélida Piñon

"La vida no vale nada, no vale nada la vida."

De uma canção mexicana

1

A noite estava escura e uma chuva fina, que havia começado pela manhã, não parava de cair. Era uma quinta-feira, véspera de feriado, já não me lembro qual. A rodoviária, como sempre acontece em ocasiões assim, estava lotada, com gente se acotovelando, num empurra-empurra dos diabos. Era como se o mundo fosse se acabar. Pela previsão da prefeitura, cerca de 100 mil pessoas deveriam deixar Belo Horizonte, como no meu caso, que ia para Santa Marta. Faço isso uma vez por mês, desde que comprei, da herança de minhas irmãs, os seus pedaços de terra deixados pelo nosso pai, morto depois de lutar com todas as forças contra um enfisema pulmonar, que nos últimos tempos praticamente o impedia de respirar sem o auxílio da bombinha, tornando a sua vida um inferno. As crises vinham tão fortes que uma vez, quando voltávamos do médico, tive de carregá-lo, pois ele não conseguiu subir a escada da casa, com menos de dez degraus, no Bairro da Floresta, em Belo Horizonte, onde vivia com minha mãe e uma irmã. Ao chegarmos à sala, depois de assentá-lo no sofá, ele segurou a minha mão e disse: Obrigado, meu filho, eu não aguentaria sozinho. Minha hora está chegando. Respondi-lhe: que isso, meu pai, o senhor ainda irá viver muito tempo, pare de falar bobagens, e saí dali, com desculpas de ir ao banheiro, onde lavei o rosto, tomei água, e consegui me controlar, pois não queria que me visse chorando. Acho que não percebeu, pois, quando voltei à sala, estava melhor e começamos a conversar. Depois é que fui embora. Mas aí já era bem mais tarde, quase noite.

Comprar as terras das minhas irmãs não foi uma transação difícil. Todas concordaram em vender suas partes para mim. A outra metade ficava para a minha mãe, que intermediou a transação. Seu lugar é aqui, meu filho. Você cresceu aqui. Pegou passarinhos aqui. Criou seus carneiros aqui, brincou com seus amigos e andou a cavalo foi aqui. Jogou bolinhas de gude e soltou papagaio foi aqui. Pare com essa bobagem de querer outra terra, pois não vai dar certo. Ela havia me dito, alguns meses antes, quando lhe falei que estava de olho numa pequena fazenda de uma amiga da família, quase na divisa com Itamarandiba, já entrando no Vale do Jequitinhonha. Também herança do seu pai, a dona a havia colocado à venda, pois não tinha tempo de administrá-la, nem de ir a Santa Marta com frequência. E é com minha mãe que, desde então, tenho dividido sonhos e pequenas conquistas, como agora, quando começamos a plantar alguns sacos de brachiaria e estilosante para, quem sabe, daqui uns tempos, podermos sonhar com algum lucro.

E era para aquela terra, de onde saí aos 12 anos numa viagem de caminhão que durou três dias até Belo Horizonte, de carona com o tio Almerindo, vendedor de queijos e galinhas, que eu estava indo, naquela véspera de feriado de muita chuva, com gente saindo pelo ladrão na rodoviária de Belo Horizonte, onde parecia não caber mais ninguém. Como sempre acontece, havia comprado a poltrona 27, na janela, lado contrário do motorista, bem no meio do ônibus. Torcia para que nenhuma mulher com menino no colo, pois esses sempre acabam vomitando, fora o choro que arranjam a noite inteira, se assentasse ao meu lado. Também estava dispensando os bêbados, que sempre aprontam alguma, e rezava para o ônibus não ser assaltado, como vinha acontecendo com certa frequência nos últimos meses.

Não vai ser uma viagem fácil, ainda mais com um tempo assim, pensei, e como faltavam alguns minutos para embarcar fui até ao segundo andar da rodoviária, no bar da Jacira, onde, antes de quase todas as minhas idas para Santa Marta, eu passo para tomar uma Coluninha e uma cerveja. Além do mais, por ali, costumo encontrar uns amigos, ou fazer novos, como uma vez, quando conheci um veterinário de Uberlândia que me deu ótimas dicas sobre silagem. Não cheguei a colocá-las em prática, mas aprendi muito, e até comprei um livro sobre o assunto, que o moço havia indicado, pouco antes de nos despedirmos. Só os tira-gostos daquele bar é que não prestam. Servem uma linguiça de supermercado, encharcada de gordura, quando não um quibe, ou espetinhos de frango, que esquentam no micro-ondas e ficam chochos, borrachudos e sem gosto nenhum. Também aproveito para bater um papo com Jacira, minha antiga conhecida, mas que naquela noite estava calada, bem diferente da mulher alegre e comunicativa que sempre foi. Alguma coisa, com certeza, tinha acontecido, e fiquei curioso para saber o que era.

O bar, por incrível que pareça, estava vazio naquela hora, embora fosse véspera de feriado e a rodoviária mais parecesse um formigueiro. Até um grupo de estrangeiros, uns 15 homens e mulheres loiros, com pinta de alemães, vi andando com suas mochilas nas costas e os inconfundíveis sacos de dormir, com os quais em qualquer lugar se ajeitam. Apenas dois casais, assentados nas mesinhas, tomavam cerveja quando cheguei ali, e um deles parecia discutir, pelos gestos que faziam. A moça, que se apoiava em uma bolsa colocada sem nenhuma cerimônia em cima da mesa, fumava sem parar e encarava o rapaz, que tentava acalmá-la, passando a mão nos seus cabelos. Muito compridos e negros, esses quase batiam na sua cintura. Se não estivesse fumando, nem bebendo, eu arriscaria dizer que era evangélica. O moço, bem gordo, estava vestido com uma camisa do Atlético, modelo antigo. Tinha o braço esquerdo tatuado e também fumava, soltando a fumaça para cima, de um jeito que parecia nervoso. O outro casal se beijava, como se nada mais no mundo importasse para eles, a não ser aquele momento. Estavam na mesa do canto.

Estou te achando triste, Jacira, aconteceu alguma coisa?, perguntei a ela, que sorriu sem graça, fincou os olhos no chão, ficou uns segundos em silêncio e disse: a vida não está nada fácil. Daí em diante, nos 20 minutos em que estive ali, até finalmente embarcar no ônibus de Itamarandiba, que lá pelas 3h30, 4 da manhã, se tudo corresse bem, me deixaria em Santa Marta, aquela mulher baixinha, de cabelos negros, sempre presos por um coque, contou que, de uns tempos para cá, andava deprimida, sem ver muito sentido nas coisas. Até a um psiquiatra havia ido, incentivada por uma amiga, que também sofria de depressão. Há mais de 10 anos estou aqui, atrás deste balcão, e até agora consegui guardar pouco dinheiro. Dá uma frustração danada, você não imagina, disse, com o moral lá embaixo. Mas não era só isso. Um sobrinho que ela criava desde a morte da mãe, sua única irmã, dera para beber, fumar maconha, e até o trabalho em um salão de beleza, no centro da cidade, ele havia deixado, logo depois de ter se formado no Senac com uma das melhores notas da turma. Tinham dado uma medalha para ele, com seu nome gravado. Uma foto sua, com ela no pescoço, saiu no jornal, que ela mandou colocar em um quadro. Mas, de uns tempos para cá, havia começado a andar com más companhias, uns rapazes lá do seu bairro, a Nova Cachoeirinha, onde moravam em um barracão alugado, nos fundos da casa de um pastor. Esse era baiano, de Feira de Santana. Passava seis meses em Belo Horizonte, e os outros nos Estados Unidos, com o bispo Marcelo, como havia lhe dito, sem disfarçar o orgulho nem perder as esperanças de levá-la para a sua igreja, no Bairro do Horto, onde pregava duas vezes por semana.

Tenho medo de que a polícia acabe com meu sobrinho, como aconteceu na semana passada, quase na porta da nossa casa, com um colega dele, que nem de maior ainda era e ficou lá, no meio da rua, todo sujo de sangue, igual um cachorro sem dono. Nem uma vela deixaram que a gente acendesse para o menino, disse a Jacira. Contou também, depois de levar outra cerveja para o casal, que parecia ter se acalmado, embora a mulher não parasse de fumar, que era de São José do Goiabal, mas vivia em BH há muitos anos, sem nunca ter se adaptado bem aqui, onde, durante esse tempo todo, só havia feito uma amiga, a Cleusa Helena, que também era garçonete e com a qual, às vezes, saía aos domingos, quando iam ao Parque Municipal, ou então, aos sábados, a um forró lá mesmo no seu bairro, onde até o Mangabinha já havia tocado. Tinha sido aquela amiga que havia lhe falado do psiquiatra, doutor Osmar, pois uma vez, quando teve uma crise nervosa, o tinha procurado, também por indicação de uma colega. Um dia, no forró, chegou a arranjar um namorado, um tal de Márcio. Mas ele, no final das contas, só queria saber de explorá-la, tomar o seu dinheiro, e ela acabou terminando com ele, que custou a desistir e, até ver que tinha mesmo levado um chute na bunda, ainda ficou uns dois meses ligando para sua casa, às vezes de madrugada, com voz de bêbado, enchendo o saco. Inclusive ameaças, falando que ia me matar, o cretino chegou a fazer, você acredita? Até na delegacia tive de ir.

E Jacira disse ainda que, com a ajuda de Deus e de Nossa Senhora Aparecida, quando saísse daquela depressão iria comprar um sítio na sua cidade, para onde pretendia se mudar depois da aposentadoria, que não demoraria muito para chegar, pois tinha sido fichada há 32 anos. E era para conseguir esse pedaço de terra que trabalhava dia e noite, como uma louca, ali naquele bar, e como cozinheira, num restaurante de uns turcos na Avenida Santos Dumont. Lá começava às nove da manhã e ficava até às seis da tarde, fazendo tabules, quibes, grão de bico, abobrinha recheada, quando então venho para cá, pois é pertinho e não gasto dinheiro com condução. Só não sabia se o sobrinho, que era tudo para ela, iria querer acompanhá-la quando se mudasse. Achava que não, pois tinha nascido em Belo Horizonte, estava acostumado aqui, e talvez não se sujeitasse a morar na roça. Ter de fazer serviços pesados, ficar o dia inteiro exposto ao sol e, à noite, sem opção, ser obrigado a ir cedo para a cama. Não ia ser fácil convencê-lo.

Também esperar o quê lá do Goiabal, onde não tem nada de atrativo para uma pessoa jovem e cheia de vida como ele? Se ao menos conseguissem montar um salão por lá, quem sabe daria certo, e o sobrinho se adaptaria...?, disse a Jacira, e nos instantes seguintes, até que paguei a conta, aquela mulher, já mais animada, afirmou que, de qualquer jeito, iria ficar numa boa, sem deixar a tristeza tomar conta dela, porque senão acabaria morrendo, pois era sofrimento demais para uma pessoa só. No mês que vem, quando você passar aqui de novo, vou estar melhor, com uma cara mais alegre. Em seguida me estendeu a mão, perguntou de onde eu era, pois converso com tanta gente aqui, que acabo me esquecendo.... Disse ainda: vai com Deus, e desci correndo a escada rolante, que estava desligada. Faltavam menos de cinco minutos para a próxima partida, e a Prefeitura de Belo Horizonte desejava a todos uma boa viagem.

2

Com uma chuva daquelas, não foi uma das viagens mais amenas, nem chegamos a Santa Marta no horário certo, mas às 6 da manhã, quando o sol já estava alto, com as pessoas indo para a missa, ou então para o trabalho. Até baldeação tivemos de fazer, pouco depois de São José do Jacuri, onde havia caído uma ponte, e a água tinha aberto uma cratera no meio da estrada, que se dividira em duas. Foi uma travessia perigosa, numa pinguela estreita, sem corrimão, e com aquele rio todo lá embaixo, com dois tantos do seu tamanho normal. Se alguém perdesse o equilíbrio e caísse, era morte na certa, pois o buraco devia ter uns quatro metros de fundura, e a corredeira andava brava. Além do mais, ainda estava escuro. Muito cuidado, gente, muito cuidado por favor, não se cansava de repetir o motorista, enquanto ajudava o trocador a esvaziar os bagageiros, que estavam lotados. Até um fogão a gás, televisão, geladeira, e um colchão de casal, uma mulher ia levando, pois seu casamento estava marcado para "daqui a um mês, lá na Penha", como anunciou orgulhosa, quando alguém lhe perguntou se ela estava de mudança para Itamarandiba.

Mas logo que deixamos a rodoviária, com um atraso de quase uma hora, a chuva ficou forte, com trovões e relâmpagos cortando os céus de Belo Horizonte. Provavelmente aquilo iria durar a noite inteira, e no outro dia os jornais, rádios e televisões falariam dos estragos. Dentro do ônibus, que estava cheio, fazia um calor terrível, pois todas as janelas haviam sido fechadas. O motorista, naquela noite, seria o Ailton, um rapaz de Santa Marta que havia começado há poucos meses na empresa e parecia estar entusiasmado com a nova função. Antes trabalhava com a terra, na fazenda do seu pai, onde fazia "qualquer coisa", desde tirar leite nas vacas, ajudar na lavoura e amansar cavalos, até ver que aquela não era a sua vocação.

Estou numa nova vida, havia me falado algumas semanas atrás, quando tinha coincidido, em uma das viagens, de ter sido ele o condutor: olhou para mim de um jeito amistoso, me cumprimentou com um sorriso e perguntou, enquanto examinava a passagem, se eu estava lembrando dele. Sou filho do Jonas, neto da dona Dorinha e do seu Gilson, disse, e contou ainda, três horas depois, quando tomávamos um cafezinho na Lanchonete Lambari, próxima à Santa Maria de Itabira, onde os ônibus da Saritur fazem a primeira parada, que estava namorando a filha de um amigo meu, o Osmarzinho, com a qual pretendia se casar. Mas que ainda iria demorar, pois primeiro queria construir uma casa bacana, arranjar as coisas, para depois, então, assumir o compromisso. Falava, sorria e parecia feliz com a decisão. O trocador, ao seu lado, não parava de fumar.

E era com aquele moço que estava ali, com uma responsabilidade terrível – a de ter, em uma noite de chuva, de dirigir um ônibus com mais de quarenta pessoas em uma das estradas mais perigosas do país, a BR-381, onde tanta gente já havia morrido –, que eu iria viajar naquela véspera de feriado, quando todo mundo parecia ter pegado a estrada. Além dele, ali no ônibus, vi só outros dois conterrâneos: uma senhora mais velha, da qual não me lembrava o nome, mas que morava perto da nossa casa, e o Zé da Eva. Esse me contou que estava vivendo há quatro anos em Alfenas, onde ajudava a tomar conta de um sítio, onde havia duas grandes plantações: uma de tomate, e a outra de repolho. Após a colheita, a produção ia para o Ceasa, em São Paulo, para só depois, com um preço bem mais alto, retornar a Minas, numa transação que ele nunca havia conseguido entender. Também cultivavam melão, um pouco de melancia e banana-caturra. Mas essa, ultimamente, não estava valendo a pena, pois o preço andava baixo e o patrão tinha até resolvido cortar todos os pés, que eram uns cinco mil. Uma dó, pois estavam carregadinhos, com cada cacho dessa grossura, ele disse, e abriu os braços. Era como se estivesse, com aquele gesto, também abraçando o mundo.

Sempre sorrindo, o Zé da Eva, que nunca tirava um chapéu-panamá e só gostava de andar bem-vestido, era um antigo conhecido, ainda da minha infância, quando jogávamos bola em um campinho perto da minha casa, onde hoje passa uma avenida que leva o nome do meu pai. Tinha uma irmã, a Evinha, que fazia salgadinhos e doces para vender e, como ele, também era uma pessoa alegre, da qual todo mundo em Santa Marta gostava. O marido dela, um carpinteiro de mão cheia com quem havia se casado há anos, se chamava Josiel Pena. Um parente dele, Rubens, também era um craque no trato com a madeira, cujos segredos conhecia como ninguém. Sabia fazer de tudo: bancos, cadeiras, guarda-roupas, cantoneiras, penteadeiras, que em suas mãos se transformavam em pura obra de arte. O Sul de Minas é o que há, lá as coisas acontecem pra valer, não é como na nossa região, onde não tem nadinha, o Zé da Eva ainda disse e sorriu, antes de me perguntar o que eu andava fazendo nesse mundão de meu Deus.

3

Naquela noite, ao meu lado, na poltrona 28, depois de ajeitar as coisas no bagageiro, tinha se assentado uma mulher morena, da pele muito lisa. Vestia uma calça jeans desbotada, uma blusa preta, e usava uns óculos fundo de garrafa, armação antiga, que não combinavam com a delicadeza do seu rosto. Além disso, deixavam-na com uma expressão sisuda que, imaginei, não devia condizer com a sua personalidade, pois passava a impressão de ser uma pessoa afável. Parecia ter uns 45 anos, e seus cabelos, muito negros, já começavam a embranquecer. Com os olhos fixos em um telefone celular, cujas teclas manipulava com uma agilidade incrível, como se estivesse enviando várias mensagens ao mesmo tempo, ou então se entretendo com joguinhos eletrônicos, ela parecia estar indiferente à chuva, aos trovões e ao congestionamento que, àquela hora, quase 10h30 da noite, havia tomado conta de um lado a outro da Avenida Antônio Carlos. Ainda nem havíamos chegado ao Conjunto IAPI, e só uns 30 minutos depois, em meio àquele caos, foi que alcançamos o Viaduto São Francisco, para finalmente entrarmos na BR-381, onde o movimento era intenso, com uma quantidade incrível de caminhões trafegando nas duas pistas, com os faróis altos, como se fossem os donos da estrada. Parecia que não existia espaço para outros carros, que ficavam espremidos entre eles, como acontecia com o nosso ônibus.

Esse engarrafamento só vai acabar depois da ponte do Rio das Velhas, ou então do Posto da Polícia Rodoviária, quando já tivermos deixado Belo Horizonte, pensei, pois havia enfrentado outros iguais àquele. Em toda véspera de feriado era assim. Teve uma noite, voltando de Santa Marta, que o caos começou no Trevo de Caeté, onde uma carreta, lotada de carvão, tinha virado no meio da estrada, causando a morte de duas pessoas. Quando conseguimos passar, estavam acabando de tirar o corpo do motorista em meio às ferragens. Tinha sangue por todo lado. O outro, de uma mulher, já estava estendido no acostamento, sem nada que o protegesse. Ainda nem os tinham coberto com aquela lona preta, como os policiais costumam fazer em situações como aquela. Da vez seguinte foi um caminhão carregado com alimentos enlatados, com placa de Campinas, que caiu pouco antes de Itabira, bem à nossa frente, depois de ter feito uma ultrapassagem num lugar proibido, cortando uma fileira de carros. De repente, não se sabe de onde, começou a aparecer gente, que em pouco tempo, com grande rapidez, saqueou toda a carga ante os olhares indiferentes dos patrulheiros, que não tomaram nenhuma atitude para conter aquele furto. O motorista, que não sofreu nada, ficou assentado em um tronco de madeira, sem ninguém dar a mínima para ele. Tinha um celular na mão, mas não o vi fazer nenhuma ligação. Tive a impressão de que estava chorando, pela expressão do seu rosto.

Com aquele engarrafamento, como não tinha outra coisa a fazer, procurei manter a calma, bebi um gole de água mineral, que havia comprado na rodoviária, me ajeitei como pude na poltrona, e daí a pouco virei-me para aquela mulher ao meu lado e disse, estendendo-lhe a garrafa d'água, ainda pela metade: aceita? Ela me olhou surpresa, como se não estivesse ali, desligou o celular e respondeu: obrigada, moço, mas tomei um copo antes de sair de casa. Você vive em BH?, perguntei, tentando entabular conversa, pois provavelmente iríamos passar horas um ao lado do outro. Sou de Correntes, só estava descansando uns dias na casa de uma irmã, que mora no Calafate, ela ainda falou, e voltou-se para mim, deixando por uns instantes o celular. Seus olhos eram castanhos e tristes.

Que coisa terrível aconteceu lá na sua terra, não foi?, eu disse, me referindo a quatro pessoas que, poucas semanas antes, quando faziam um piquenique, haviam morrido afogadas no Rio Turvo. Falei por falar, porque, naquele momento, não me veio outra coisa à cabeça com a qual pudesse iniciar uma conversa. Então aquela mulher, cujo nome era Nilma e tinha 44 anos, um a menos do que imaginei, virou-se para mim, abaixou os olhos e contou, como se a si própria: Os mortos eram da minha família. O quê?, perguntei assustado, não acreditando em tamanha coincidência e já arrependido por não ter ficado calado, como devia. Sim, as três meninas eram minhas filhas, e o pai delas, José Henrique, meu marido. Então, mais perplexo ainda, só consegui pedir-lhe desculpas, dizer que jamais poderia imaginar aquilo; essas coisas que costumam ser faladas em ocasiões assim, quando o estrago já está feito e não tem mais jeito de consertar.

Tem problema, não, moço, foi a vontade de Deus. Mas é muito sofrimento para uma pessoa só, você não acha?, ela disse, para nos instantes seguintes, às vezes sem conseguir conter a emoção nem as lágrimas, me relatar que naquele dia, justo naquele dia da tragédia, ela estava sentindo uma coisa esquisita, uma sensação estranha, que parecia sufocá-la. Era um aperto no peito, que só aumentou quando o marido, todo animado, chegou para ela, deu-lhe um beijo e a convidou para irem à Praia de São Mateus, no Rio Turvo, pois estava fazendo muito calor e todo mundo da cidade tinha seguido para lá, onde até um churrasco uns amigos iriam fazer.

Vamos com as meninas, minhas irmãs também estão animadas. A gente volta cedo, a tempo de ir ao culto, ele ainda disse, já que eram evangélicos e todos os domingos frequentavam a igreja. Essa ficava bem perto da casa deles, num prédio onde, antes, existia uma loja de material de construção. Por que não ficamos aqui, meu bem?, vou fazer o almoço. Você sabe que sempre tive medo de água, e hoje não estou me sentindo bem, ela também falou, tentando convencê-lo a ficarem em casa, e já com vontade de chorar. Parecia até que estava adivinhando. Mas não era só o marido que insistia no passeio. Também as suas filhas: Nadia, de 15 anos, Nilce, de 14, e Naiara, de 12, estavam querendo ir. Ainda mais porque umas primas delas, que moravam em São Paulo e passavam férias em Correntes, já estavam lá, junto com outras amigas do colégio, todas adolescentes como elas. Como, então, num domingo, poderiam perder um programa daqueles?

O Rio Turvo, naqueles dias, andava cheio, como sempre acontece na época das chuvas, quando as águas que descem da Serra do Itambé desembocam nele, que dobra de tamanho, tornando-se ainda mais perigoso. E era para aquele lugar, a Praia de São Mateus, que nos finais de semana de calor costumava receber não só o pessoal de Correntes, mas das cidades vizinhas, que seu marido e as três filhas se dirigiam. Naquele dia, segundo ele, até um ônibus com gente de Serro e de Datas tinha ido para lá.

Fiquei em casa, liguei a televisão e comecei a assistir a um culto, como faço todos os domingos de manhã, antes de iniciar o almoço. Só à tardinha é que vamos à igreja, Nilma prosseguiu. Sua ajudante, naquele dia, estava de folga, e ela teria de fazer tudo sozinha, inclusive lavar as vasilhas, o que a deixava muito cansada depois, só com vontade de dormir. Antes tivesse tido de lavar todos os pratos, garfos e colheres do mundo, disse, pois jamais poderia imaginar que, poucas horas depois, a sua vida iria mudar para sempre, deixando-lhe cicatrizes que nunca irão se fechar, apesar do apoio recebido dos parentes, dos amigos e do pastor da sua igreja, com o qual, desde então, e com a sua mulher, tem orado todos os dias. Mas não estava sendo fácil.

Foi só lá pelas 11 horas que comecei a preparar o almoço, uma macarronada com muito molho e frango desfiado, para quando eles voltassem. Era um prato que todo mundo lá em casa gostava, principalmente a Naiara. Se a gente deixasse, ela comia a travessa inteira, e aquele seu apetite às vezes me preocupava, pois estava engordando muito. Fiz também um suco de manga, e coloquei na geladeira, Nilma disse, esboçando uma espécie de sorriso que não conseguiu completar. Mas aquela coisa esquisita, que naquele dia estava sufocando o seu peito, só foi aumentando, deixando-a com uma sensação de perda e abandono, como nunca havia sentido. Daí a pouco foi seu coração que começou a bater num ritmo acelerado, e ela chegou a pensar em tomar um calmante, ou então ligar para um primo, que era médico, e comentar com ele, explicar a situação e perguntar o que deveria fazer.

Mas em seguida, sem que percebesse, começou a chorar, e estava aos prantos quando, às 2 horas da tarde daquele domingo, de repente parou um carro em frente à sua casa, que fica bem no centro de Correntes, pertinho da praça principal. Graças a Deus, eles chegaram, ela pensou aliviada, deu um pulo da cadeira e foi ao encontro dos seus, na certeza de que tinham voltado. O almoço já estava pronto. Nisso viu que não era seu marido nem suas filhas, mas um dos seus irmãos, o

Júlio César, que estava ali, à sua frente, apavorado, e sem saber o que dizer: o que aconteceu, Julinho, o que aconteceu, criatura, diga pelo amor de Deus. Onde estão as meninas e o Henrique?, a mulher perguntou, com as lágrimas escorrendo pelo rosto.

Fique calma, Nilma, fique calma, se assente um pouco, pediu o irmão, que se abraçou a ela, sem também conseguir conter o choro. Daí em diante, moço – ainda nem sei qual é o seu nome –, o mundo pareceu desabar em cima de mim e se abriu um poço maior, muito maior do que aquele que levou minhas três filhas e o meu marido, ela confessou, sem fazer nenhum drama, sem se lamentar, só contando sua história, como já devia ter feito várias vezes.

Essa saiu nos jornais, na televisão, e causou uma grande comoção em Correntes, como poucas vezes havia acontecido. Toda a cidade parou para ir aos enterros; o ginásio poliesportivo, onde os corpos foram velados, ficou lotado. Veio gente das cidades vizinhas e parentes de Belo Horizonte, que não via há muitos anos. Ela falou ainda – e agora o ônibus passava por Nova União – que desde então, dia e noite, sem querer acreditar, ficava pensando, tentando imaginar como foi que as coisas aconteceram, se todos sabiam que a Praia de São Mateus é um lugar perigoso, onde tantas outras pessoas já haviam morrido.

Mais de umas dez, só no caldeirão, que tem mais de 5 metros de fundura, como disse um soldado, ela também falou, para completar que as suas filhas – nenhuma delas sabia nadar – de repente se viram ali, as três juntas, bem no meio do poço, onde começaram a gritar por socorro, pois estavam se afogando. Apavorado, o pai, na ânsia de poder salvá-las, pulou lá dentro de roupa e tudo, e os quatro, depois de sumirem e aparecerem algumas vezes no meio do redemoinho, de repente afundaram para morrer agarrados uns aos outros. Foi assim que, no dia seguinte, os bombeiros de Governador Valadares os encontraram.

Mas não tinha nenhuma corda? Um pedaço de pau que fosse? Com tanta gente lá na praia, por que ninguém foi ajudá-los?, perguntei. Ah, moço!, Por favor, não toque nisso, porque não vou saber te responder, não vou saber nunca, ela disse, em um pranto silencioso. Também eu, sem que percebesse, estava com os olhos marejados. Depois virou-se de repente para o lado, colocou a cabeça em um travesseiro, e não nos falamos mais. Daí a pouco, comecei a cochilar, e só lá pelas 2h30 da manhã, com a chuva ainda sem dar trégua, quando acordei na rodoviária de Guanhães, assustado, vi que Nilma já havia descido.

4

Em Santa Marta, como tínhamos combinado, Tiago me esperava com os novilhos presos no curral para serem vacinados contra febre aftosa, que estava voltando a aparecer no Brasil. Iríamos aproveitar também e aplicar remédio contra carrapato e berne, cuja incidência aumenta muito no tempo de calor, quando o gado procura os lugares mais frescos, principalmente debaixo das árvores e moitas, onde as varejeiras gostam de ficar. Elas e as cobras, que às vezes picam algum bezerro, como tinha acontecido semanas atrás, quando um havia morrido, ofendido por uma cascavel. Pegou no meio do saco, que ficou feito uma bola, você precisava de ver que trem feio. Matamos ela perto do lugar onde o coitado caiu, debaixo de uma moita de bambuzinho, lá perto do rio. Estava enrolada e eu quase pisei em cima. O chocalho tinha 14 nós, Tiago havia me falado em um telefonema, aumentando o máximo que podia a história. Um outro bezerro tinha morrido meses antes. Caiu em um buraco e quebrou o pescoço, depois de uma briga com um novilho bem maior do que ele.

Após terminarmos a vacinação, que devia durar umas três horas, é que iríamos ver a plantação de brachiaria, e se as sementes estavam começando a nascer, pois na noite seguinte, do sábado, eu iria voltar para Belo Horizonte, e era muita coisa para olhar em tão pouco tempo. Se deixasse para viajar no domingo, final de feriado, às 23h, com as estradas lotadas, seria muito mais cansativo e perigoso, e na segunda eu não estaria me aguentando para ir trabalhar, como já havia acontecido outras vezes. Ainda bem que a chuva havia parado, e mesmo com o curral cheio de lama, a gente teria de vacinar o gado, pois eu só iria voltar a Santa Marta no outro mês. E ainda: depois do almoço, precisava ir à loja veterinária pagar o sal e as rodas de arame que Tiago havia comprado, pois eu tinha pedido a ele para dividir uma manga, na qual pretendia colocar os novilhos mais velhos, que estavam batendo nos mais novos. Em seguida, passaria na casa de Elvira, que era madrinha do meu pai. Cada vez menor e quase sem ouvir, ela só andou de carro pela primeira vez quando estava com mais de 80 anos, assim mesmo obrigada, para ir ao hospital em Guanhães, onde se encantou com o tamanho da cidade, a segunda que conhecia. Também não saía à rua, e o que gostava mesmo, além de assistir à televisão, era ficar na janela vendo a vida passar. Conversava com um e outro, e no final acabava dando notícias de tudo. Às vezes, até melhor do que quem circulava o dia inteiro. Como era novembro, talvez o pé de jabuticaba ainda estivesse carregado, e então eu aproveitaria para chupar algumas.

Depois de lavar o rosto, tomar um café com leite e comer um pedaço de pão com queijo, fui então para o curral, onde já me esperavam, além do Tiago, também Zé Inácio, Josiel e Paulinho. Bons amigos, que apareceram para dar uma força, já que aquela novilhada, mistura de guzerá com nelore, não era brincadeira, e o curral estava caindo aos pedaços. Por isso, todo cuidado seria pouco. Nada de gritaria, nem de ferrão fustigando os animais, e muito menos meninada em cima das cercas. Já havia passado da hora de fazer outro curral, mas por enquanto o dinheiro não dava. Primeiro a brachiaria precisava crescer, depois esperar a carne subir de preço, para só então poder começar a pensar em fazer novos investimentos. Terra não é brincadeira, você vai ver, havia me dito um primo, o Ismar Garcia, quando resolvi comprar as partes das minhas irmãs.

Vamos pegar os novilhos menores com a mão, e o resto a gente joga no tronco, ou então passa no laço, propôs Zé Inácio, que me aconselhou ainda a castrar os maiores, porque já estavam ficando irrequietos, trepando uns nos outros e brigando muito. Assim a gente aproveita e faz uma boa farofa dos bagos. Com farinha de milho e pimenta. Dá até para tomar uma Coluninha, disse. E olhando para ele, ali ao meu lado, também já com os cabelos brancos, cheio de filhos e netos, voltei aos já distantes dias da nossa infância, quando, montados a cavalo, andávamos a galope pelos pastos, ou então passávamos os dias no quintal da sua casa fazendo arapucas, pegando passarinhos, jogando bolinha de gude. Tomás e Anselmo, seus irmãos, também participavam. Sua irmã mais velha, Marlene, ficava na cozinha, ajudando a mãe a preparar a comida, ou então a lavar trouxas de roupas. O pai deles, Gerônimo, gostava de tocar violão e sanfona, e o avô, seu Justo, na época da quaresma só andava armado com uma garrucha .44 de dois canos, para ter como reagir caso, em alguma encruzilhada, de repente se encontrasse com o capeta, que jurava já ter visto uma vez. Falava e fazia o nome do Pai, para aquilo não acontecer mais. O demônio, ou gunza, como ele o nomeava, costumava se manifestar de duas formas distintas: como uma porca bem gorda, atrás da qual caminhava uma ninhada de pintos, ou então como uma galinha preta, seguida por vários porquinhos vermelhos.

Vamos começar, moçada?, disse Zé Inácio, que olhou para mim e sorriu, como se estivesse lendo meus pensamentos.

Depois que terminamos o serviço, soltamos o gado e almoçamos, Tiago e eu fomos ver a plantação da brachiaria, que naqueles dias estava acontecendo na Grota do Baú. Como Santa Marta havia crescido, o terreno dava de costas para o hospital Agostinha Alcântara de Aguiar, minha bisavó. Nascida no sertão, pelos lados do Rio Manso, dizem que era tão brava que uma vez os seus filhos, sem consultá-la, resolveram mandar fazer uma foto dela, escondido, quando estava pescando em uma represa no fundo da sua casa. No dia do seu aniversário, quando foram entregar o presente, com todas as cerimônias e mimos, ela primeiro pegou o retrato com as mãos, olhou para ele uns instantes, não disse nada, e depois, furiosa, o picou em pedacinhos, passando a maior descompostura aos autores da ideia, que nunca mais quiseram saber de fotografá-la.

5

Mas antes de chegarmos ao Baú, Tiago e eu passamos pela Manga da Quadra, onde as sementes haviam sido plantadas algumas semanas antes, quando ainda não tinha começado a chover. Cheguei a temer que não vingassem. Um pezinho e outro, porém, espalhados aqui e ali, principiavam a nascer, e dando um desconto para a seca, que havia sido terrível, além dos passarinhos, que também tinham feito a sua parte, até que não estavam mal. O angico, que meses antes tínhamos combatido com um pesticida, havia secado. Depois essa brachiaria alastra, e em junho já vai dar para pôr os bezerros aqui, disse o vaqueiro, que havia participado de todo o processo da plantação.

Uns 100 metros antes de onde se estava fazendo o resto do plantio, já dava para ouvir o matraquear das máquinas, que despejavam os grãozinhos na terra, cinco ou seis de cada vez. Já o estilosante era espalhado com as mãos, ou então por meio de uma garrafa de plástico furada. Das cinco pessoas que estavam ali fazendo o trabalho, eu não conhecia nenhuma, como de resto pouca gente em Santa Marta, de onde havia saído adolescente. Ao nos verem, os homens pararam por uns instantes o serviço, cumprimentaram o Tiago, a mim, e depois prosseguiram no ritmo normal, indiferentes à nossa presença. Estavam no topo de um morro e muito suados. Ventava sem parar, e dali de onde estávamos dava para ver as serras Negra e dos Ambrósios, lá pelos lados de Itamarandiba.

Um daqueles homens, o que parecia ser o mais velho, virou-se para mim e disse, após tomar um copo d'água tirado de uma garrafa térmica: o primeiro voto que dei na minha vida, me alembro bem, foi para o seu pai, o velho Herculano, quando ele se candidatou a prefeito aqui da nossa Santa Marta. Agradeci, falei que esse havia morrido há mais de dez anos, perguntei o seu nome, e depois Tiago me disse que aqueles homens, menos o seu João, que falou com você, estavam chegando do Espírito Santo, onde tinham ido trabalhar na colheita do café, como faziam todos os anos. São da igreja do pai, e um deles, aquele clarinho, anda fazendo curso para pastor em João Monlevade. Todos os meses, quando está aqui, vai para lá, com as despesas pagas, na maior mordomia. Um deles, que usava um boné com escudo do Cruzeiro, estava recém-chegado do México – ele e mais dois amigos, também de Santa Marta —, todos deportados após tentarem entrar ilegalmente nos Estados Unidos. Com outros conterrâneos havia acontecido pior, e alguns chegaram a ficar detidos por mais de seis meses em uma penitenciária no estado do Novo México, até serem expulsos. Trataram nós pior do que cachorro sem dono. Nosso governo do Brasil não ajudou nada, nadinha, e é por isso que agora estou é do lado do Bin Laden, juro por Nossa Senhora, tinha me dito um deles, o Joelzinho, que havia sido meu colega de infância e gastou todo o seu dinheiro naquela aventura malsucedida. Mas vou tentar de novo, e da próxima vez com certeza vai dar certo, ainda falou.

Antes de nos despedirmos, combinando de nos encontrar no outro dia pela manhã, Tiago ainda virou-se para mim, abaixou os olhos e disse: estou precisando de conversar com você, mas fica pra depois. Pode dizer agora, respondi. É que estou querendo casar, e queria te pedir para fazer uma puxadinha lá na casa do pai mesmo, é só um quartinho... Quantos anos você tem?, perguntei. Dezoito. Vou pensar, e depois te falo. E ainda quis saber: por um acaso a moça está grávida? Tá não, Deus me livre, ele desconversou, com um meio sorriso que não me convenceu. E em seguida foi embora, depois de me contar ainda que a namorada, que se chamava Maíra, tinha 16 anos e vivia com o avô, pois os seus pais eram separados e, já fazia muitos anos, haviam ido embora de Santa Marta.

6

Naquela noite, de tão cansado, resolvi não ir à cidade. Além do mais, Tiago tinha me falado que haviam aparecido algumas cobras no terreiro, outra na varanda, e que mataram uma jararaca na cozinha. Estava enrolada no bujão de gás, e a empregada quase a pegou quando foi acender o fogão. Vi então que não podia adiar mais e teria de dar um jeito de acabar com aquelas rãs, como já devia ter feito há muito tempo. Elas estavam por todos os cantos da casa: nos banheiros, nos quartos e até dentro da geladeira, onde haviam encontrado uma, bem tranquila, dormindo em cima de um queijo. Apareciam também nas mesas e no fogão, quando não no meio das camas. Estavam fazendo a festa, pois a casa passava a maior parte do tempo fechada, sendo aberta apenas duas vezes por semana, ou então quando algum de nós vinha de Belo Horizonte. Aperitivo melhor para as jararacas e cascavéis não podia ser. Além das rãs, haviam ainda os ratos, que meses antes também tinham nos dado trabalho, depois de terem ficado um bom tempo sumidos.

Com eles tínhamos conseguido acabar, porque minha mãe havia comprado duas ratoeiras enormes, das antigas, feitas por um homem de Itamarandiba, que as passou vendendo em Santa Marta. Dentro delas se coloca o infalível pedaço de queijo assado que eles adoram, ou então um pouco de toucinho frito, cujo resultado costuma ser ainda melhor, pois o cheiro caminha longe. No outro dia, os bichos estão lá, presos e bem gordos, mostrando aqueles dentinhos afiados. O desagradável é só ter de matá-los, normalmente esganados, com um pedaço de pau, ou então por afogamento. Coloca-se a ratoeira dentro do rio, e alguns minutos depois, após se debaterem na tela como uns loucos, eles acabam não aguentando e viram de barriga para cima, já sem vida. Então é só abrir a tampa e deixar que a água os leve, para alegria dos peixes que os encontrar adiante. Também tinham arranjado para a minha mãe um ótimo veneno, cujo nome não lembro qual era. Bastava espalhar as bolinhas pelos cantos da casa que os coitados, no dia seguinte, apareciam espichados, quando não agonizando, ou andando meio zonzos de um lado para o outro, sem terem para onde ir. Aí ficava mais fácil acabar o serviço. Era só pegar uma vassoura, e pronto. Às vezes eu até tinha pena.

Matar aquelas rãs, que além do mais aprontavam uma gritaria terrível a noite toda, coisa de tirar o sono de qualquer cristão, não foi uma tarefa difícil, como cheguei a pensar. Só precisei de um chinelo, um pouco de paciência e, menos de meia hora depois, quando levei um susto, já havia amontoado na cozinha umas dez, ou mais, que depois joguei dentro do rio. Mas senti uma sensação estranha: sozinho à noite, dentro daquela casa enorme, cheia de lembranças, e matando rãs. Se não fosse pelas cobras que elas atraem, juro que não teria feito aquilo. Eram todas meio esverdeadas, do mesmo tamanho, e uma delas, que não consegui achar, passou o resto da noite coaxando, apesar de eu tê-la procurado por todo canto. Até dentro do fogão, atrás da geladeira, nos quartos, por toda a cozinha e no banheiro. Parece que não se encontrava em nenhum lugar, e em todos, ao mesmo tempo, pela barulheira infernal que fazia. Era como se estivesse vingando as colegas mortas, ou zombando de mim, que não a encontrava, mesmo estando tão perto. Em Belo Horizonte, quando contei o feito à minha mãe, ela sorriu e disse: você acredita que um dia, quando cheguei aqui, uma estava dentro da minha mala, e pulou em cima de mim, quase me fazendo desmaiar de susto?

7

Em seguida àquela matança, tomei um banho demorado, como há muito tempo não fazia. Deixei que a água quente e gostosa caísse à vontade no meu corpo. Depois fui para o quarto, arranjei a cama e me deitei. A chuva havia voltado a cair, e eu, sozinho naquela casa, podia escutar, em tom cadenciado, o pingar das goteiras, que batiam no chão de cimento. No mais, tudo era silêncio e solidão. Nem os curiangos e as corujas, como sempre acontecia, estavam piando. Nem os gambás, como também é costume antigo, faziam barulho no sótão, onde ficam correndo de um lado para o outro, quando não resolvem vir para dentro de casa. Uma vez, ao chegar de madrugada e me deitar sem olhar debaixo da cama, de tão cansado que estava, um deles subiu pelas minhas pernas, quase me matando de susto, pois pensei que pudesse ser uma cobra. Dei um pulo, acendi a luz e lá estava o bicho, já caído no chão, encostado na parede e olhando para mim com as patinhas levantadas e os dentinhos afiados, em uma atitude de desafio. Minha primeira vontade foi de matá-lo – cheguei até a buscar um pedaço de pau na cozinha, mas depois fiquei com dó, peguei o cobertor, joguei em cima dele, abri a janela e o lancei no terreiro, alagado pela chuva. No outro dia o encontrei bem tranquilo, dormindo entre as galhas de um manacá.

Quase uma hora depois, quando me lembrei dessa história, já com as pálpebras caindo, fechei os olhos e, sem perceber, adormeci. Nos sonhos, que vieram em seguida, aquelas rãs, centenas delas, transformadas em sapos gigantes, pulavam na minha direção e queriam me devorar. Tinham asas, eram azuis e atendiam ao chamado de um dos sapos; o maior de todos apontava para mim com uns dedos enormes e cheios de anéis, dos quais saíam umas luzes vermelhas e cintilantes, que queimavam a minha pele. Os fachos se espalhavam por várias direções, iluminando toda a casa. Eu tentava me livrar deles, corria como um louco para um lado e outro, mas não adiantava, pois eles estavam em todos os lugares, como uma praga, querendo acabar comigo.

Acordei suado, fui à cozinha, tomei um copo-d'água, urinei bastante, matei outra rã, que encontrei nas bordas do vaso, e, de volta ao quarto, comecei a pensar em Nilma, a mulher de Correntes que havia viajado a meu lado, na poltrona 28. O que ela estaria fazendo? Já teria conseguido dormir, ou ainda não: havia ficado na sala, assentada no sofá, com os olhos grudados na televisão, ou olhando um álbum com as fotos das suas filhas, tiradas quando elas eram pequenas e costumavam dormir com ela e o marido na mesma cama? Ou quem sabe estaria lendo as cartas de amor que ele tinha lhe escrito quando ainda eram namorados, e ela estudava no internato do Colégio do Serro, ou então vivia com os seus pais, lá mesmo na sua cidade, e ainda nem podia imaginar a tragédia que, sabe-se lá por quê, o destino tinha reservado para ela?

8

Pensei em tudo isso, e de repente, sem que percebesse, pois achava que havia me esquecido, voltou à memória uma outra morte, também por afogamento, acontecida na Cachoeira da Fumaça, no Rio Suaçuí Grande, quando eu era criança. Passou-se o seguinte: eu estava na casa de Giovani Nunes, um amigo do meu pai, cuja fazenda, O Varjão, ficava bem perto do rio, na divisa de Santa Marta com Baguari. Tinha ido passar o fim de semana com os seus filhos, que eram meus colegas de escola. Era um final de tarde, e estávamos no terreiro jogando bola quando chegou um homem a cavalo, perguntou pelo seu Jovane e contou a ele que uma menina ali de perto tinha se afogado na cachoeira algumas horas antes, quando se descuidou e caiu de uma pedra. Nós estávamos ao lado, ouvimos tudo e ficamos atentos, curiosos para saber mais detalhes.

E pior é que daqui a pouco vai anoitecer, e o corpo da coitadinha ainda não boiou, o homem disse, de cima do cavalo, pois agradeceu o convite para apear, tamanha era a pressa. Nem um copo-d'água que dona Sinhá, a mãe dos meus amigos, lhe ofereceu, ele aceitou. Parecia muito nervoso. Havia ido ali para atender aos pais da menina, dos quais era meio parente, e pedir que Giovani emprestasse o jipe para que pudesse, durante a noite, ficar com os faróis ligados e apontados para o rio, bem no pé da cachoeira, no lugar onde se dera o afogamento. Assim, se a menina subir, a gente vê e pega logo ela, o homem ainda falou, para em seguida acender um cigarro de palha, que começou a fumar, dando fortes tragadas e cuspidas no chão.

Não adiantou dona Sinhá tentar impedir, dizer que estava fazendo frio, que aquilo não era coisa de crianças, e lá fomos nós, com um motorista, para a Cachoeira da Fumaça, onde havíamos estado no dia anterior, assentados nas pedras e pescando piaus e lambaris. Nenhum de nós teve coragem de entrar na água, que estava barrenta, pois havia chovido nas cabeceiras, lá pelos lados do Itambé. Muitas pessoas tinham morrido ali, principalmente durante os feriados, quando se aventuravam a entrar no poço, que devia ter mais de 10 metros de fundura, fora as pedras e dezenas de redemoinhos que nele se formam. Como devia ser na Praia de São Mateus, no Rio Turvo, onde as três meninas de Correntes e seu pai iriam se afogar muitos anos depois.

Quando chegamos, passava das 6h30 da tarde e começava a escurecer. Naquele lugar rodeado de montanhas, o sol vai-se embora depressa, sobrando apenas uns riscos vermelhos no céu, de uma beleza impressionante. Fazia um pouco de frio, e o sereno, que vinha da cachoeira, molhava nossas camisas. Lembro-me que, em um ingazeiro próximo ao rio, um canário-chapinha não parava de cantar, se despedindo da tarde. Devia ser por ali o seu ninho. Ele e, mais distante, um sabiá-laranjeira, que não consegui identificar onde estava, mas provavelmente em alguma outra árvore, das tantas que existiam naquele lugar.

O motorista, seguindo as instruções do homem que havia ido à fazenda, estacionou o jipe nas margens do rio, quase dentro da água, e apontou os faróis bem para o centro do poço, onde a menina havia sumido. Rodando no meio dele, ao sabor das águas, vimos uma cabaça grande, que tinham jogado ali com uma vela acesa dentro. Acredita-se que, em situações assim, no local exato onde ela parar está o corpo da pessoa afogada, principalmente se for criança. Só que a cabaça não parava em lugar nenhum, nem descia o rio: ficava dando voltas e mais voltas em meio aos redemoinhos, que a jogavam de um lado para outro, como se brincassem. Era uma prova de que a menina ainda estava por ali, talvez presa entre as pedras, ou segura por alguma raiz, da qual, de uma hora para outra, poderia se desprender. Dentro da cabaça dava para ver, bem fraquinha, a luz da vela, que oscilava ao vento mas não apagava. Também haviam acendido fogueiras com galhos de assa-peixes e candeias e arranjado umas lanternas, tudo para ajudar a clarear mais, pois a noite, que havia descido, estava muito escura. Sem estrelas e sem lua. Desde manhã, o céu estivera encoberto por nuvens, e era uma sorte não estar chovendo.

Deram oito horas, nove, meia-noite, e nada da menina boiar. Algumas pessoas, cansadas, deitaram-se ali mesmo na areia, enroladas em umas mantas que surgiram não sei de onde. Outras foram para dentro do jipe, enquanto umas tantas ficaram vigiando com os olhos fixos nas águas, como que hipnotizadas. Tomamos café com biscoitos de goma, trazidos por dona Kalu, mulher de seu Geraldo Turco, cuja casa ficava próxima da cachoeira. O pai dele, seu José, foi a primeira pessoa tatuada que vi, quando era criança, e um dia fui com meu pai passear na fazenda deles. Acho que era uma estrela desenhada em cima da sua mão, e aquilo me deixou fascinado. Não conseguia deixar de olhar para ela. Fiz quando servi no marinha da Líbano, antes de mudar pra Brasil, e vir parar na Baguari, lembro-me de tê-lo ouvido dizer. Comemos também de uma farofa que apareceu, trazida por outra moradora das imediações, e nada. A menina não boiava. Vieram pessoas que moravam por perto: solidárias, nos deram mais biscoitos, e cachaça para os homens, que de tempos em tempos tomavam um gole, no gargalo, para depois acenderem cigarros, preparados por eles mesmos. Como os pernilongos eram muitos, a fumaça ajudava a espantá-los. Uma mulher que estava mascando fumo me ofereceu um pedaço, tirado de dentro do sutiã. Ela jogava um naco na boca desdentada, mascava por uns minutos e depois cuspia no chão, passando o pé por cima. Agradeci, pois uma vez havia experimentado e acabei vomitando, fora a bronca que levei da minha mãe, que disse que aquilo era coisa de gente atrasada. Mas depois que a mulher falou que, se eu dissolvesse um pedaço na água e esfregasse com força nos braços, ajudaria a afastar os mosquitos, aí então aceitei. Os meus amigos também, e ela ficou sorrindo. O fumo era preto e cheirava forte.

De tempos em tempos o pai da menina, acompanhado da mulher, que não largava um terço, chegava perto de nós, não dizia nada, e ficava só olhando para o rio, como se tentasse adivinhar onde estava o corpo da filha. O Suaçuí corria indiferente, e o barulho da cachoeira, em meio àquele silêncio da noite, era ainda mais ensurdecedor. Não dava para ouvir nada, a não ser o som das águas batendo nas pedras. Comecei a ficar com medo, entrei no jipe, e lá pelas tantas, talvez umas 3 da manhã, eu também dormi, assim como o motorista e os meus colegas, filhos do Giovani.

Quando acordei, antes das 7 horas, ouvi alguém comentando que o corpo de bombeiros de Governador Valadares não ia demorar a chegar, pois um parente da menina, o mesmo que havia seguido em direção à fazenda para pedir o jipe, tinha ido a São João Evangelista, de onde telefonou solicitando ajuda aos bombeiros, pois a cabaça sozinha não estava adiantando.

O canarinho, na mesma árvore, tinha voltado a cantar, assim como o sabiá, enquanto centenas de andorinhas voavam por cima da cachoeira, cujo sereno continuava a molhar nossas camisas. Embora fosse cedo, o sol estava quente e o céu não tinha nenhuma nuvem, diferentemente do dia anterior, quando elas tomavam o espaço.

Estávamos ali, naquela expectativa, quando de repente, quase sem acreditar, olhei para o rio e vi alguma coisa boiando perto de nós, em um lugar raso, onde costumávamos brincar. É a menina, é a menina, gritei excitado, entrei correndo na água e a segurei pelos cabelos, que eram negros e compridos, quase batendo na cintura. Não tive medo nem fiquei nervoso por estar ali, segurando uma morta. Ela trazia uma pequena ferida na testa, que ainda sangrava. Seu rosto estava inchado, os lábios, arroxeados, e era branca, muito branca. Parecia uma boneca. Por alguns segundos, não imagino quantos, fiquei com ela presa entre as mãos, que a agarravam com força, com medo de que pudesse escapar e descesse Suaçuí abaixo, sem que ninguém nunca mais a encontrasse e ela não pudesse ser enterrada. Em seguida, chegaram dois homens, que eu não sabia quem eram, pois não haviam passado a noite conosco e, sem dizer palavra, a tomaram de mim, em silêncio, como se ela lhes pertencesse. Ainda permaneci algum tempo ali, com a água batendo nos joelhos, sem saber o que fazer, de tão comovido estava com aquela situação que acabara de viver. Pouco depois os bombeiros de Governador Valadares chegaram em uma caminhonete vermelha, suja de lama, mas já não tinham nada a fazer, a não ser o relatório, que anotaram em uma caderneta de capa preta às pressas, além de terem tirado umas fotos da menina e, afastados, conversado com os pais dela, que só concordavam, balançando a cabeça. Não perguntaram nada a mais ninguém, e nenhum de nós também lhes perguntou nada.

A menina estava estendida na areia. Ouvi quando um dos bombeiros comentou com um colega, que era bem baixinho, mas usava um bigode grande, desproporcional ao seu tamanho, no qual toda hora passava a mão: esse Suaçuí tem matado gente... Lá em Frei Inocêncio é ainda pior. Depois enrolaram a menina em uma das mantas com as quais, na noite anterior, as pessoas haviam se protegido e foram embora, sem se despedir de ninguém. Olhei para o poço, onde antes estava a cabaça, e não a vi mais. Nem ela e nem a vela acesa. Provavelmente, com o problema resolvido, alguém a tinha tirado dali, ou então ela descera rio abaixo, depois de encontrado o corpo. Só as andorinhas, que não paravam de voar, girando em círculos, continuavam ali, numa performance das mais bonitas. Não soube o nome da menina, nem como se chamavam os seus pais, que talvez já tenham morrido, pois naquele tempo pareciam bem velhos. Pelo menos, aos meus olhos de criança. Também nunca perguntei a ninguém, e acho que jamais farei isso. Só sei que a menina, naquela manhã, tinha o mesmo rosto de boneca que agora, mais de 40 anos depois, volto a enxergar, com uma incrível lucidez, na solidão desse quarto de infância, quando, outra vez, me lembrei dessa história.

9

Dessa vez resolvi voltar mais cedo para Belo Horizonte e, depois de ter feito o que foi possível até ao meio-dia do sábado, estou novamente dentro do ônibus, na poltrona 27. Enquanto o carro não chegava, passei no restaurante do Quezinho, que funciona como uma rodoviária improvisada, pois Santa Marta ainda não tem a sua. Tomei uma cerveja e conversei um pouco com ele, que está pensando, nas próximas eleições, em se candidatar a vereador, pois acha que pode fazer muita coisa pela cidade. Também anda feliz da vida por estar construindo uma casa. Ele e Tina, sua mulher, a quem não faltam planos para quando se mudarem. Vai ficar linda, com muitos cômodos e janelas grandes, ele disse. Vou te convidar para ir lá, vamos fazer um churrasquinho esperto e tomar uma dose da boa, que já está envelhecendo num tonelzinho de carvalho que um amigo trouxe para mim de Jacuri. Quezinho havia voltado há pouco tempo para Santa Marta, depois de ter vivido muitos anos em São Paulo, onde era garçom.

Nessa viagem, não seria Ailton, filho do Jonas, o motorista que iria nos levar, mas um outro moço, com o qual eu ainda não tinha andado. O nome dele era Amaral, como estava escrito no crachá. Era baixo, mais para gordo, e parecia ser uma pessoa de poucas palavras, pois não deu papo quando um passageiro, que já estava dentro do ônibus, tentou puxar conversa com ele. Fazia muito calor, mas mesmo assim estava vestido com uma jaqueta de náilon marrom, fechada até ao pescoço. Achei aquilo esquisito e torci para que conhecesse bem a estrada, não fosse novato na linha. Se tudo corresse bem, lá pelas 7, 8 horas da noite, chegaríamos a Belo Horizonte.

Na minha poltrona estava assentado um rapaz negro. Usava um blusão de couro surrado, dois brincos em uma orelha e os cabelos cheios de trancinhas, com miçangas vermelhas nas pontas. Na outra orelha não tinha nada. Nem furada era. Ao ver-me, foi perguntando com um sorriso. Seus dentes eram grandes e muito brancos: a 27 é a sua? Respondi que sim. Ele passou para a 28, pedi licença e me assentei a seu lado, após ajeitar a bolsa no bagageiro, com cuidado para não estragar uma penca de bananas-prata que havia colhido no quintal da nossa casa.

Logo em seguida o ônibus saiu. Não estava muito cheio, porque o feriado só iria acabar no outro dia, domingo, quando então a coisa ia ficar feia. Nem queria pensar no engarrafamento antes de chegar a Belo Horizonte. Se acontecesse algum acidente, aí então é que seria o caos, com filas de carro a perder de vista. Fiz bem em ir hoje, domingo não dá mesmo para se fazer nada em Santa Marta, a não ser ficar bebendo, pensei, e abri a janela, sentindo o vento bater no meu rosto, e fiz em nome do Pai. Daí a pouco, sem que percebesse, o ônibus já estava parando em frente ao cemitério, na saída da cidade, onde costumam entrar outros passageiros. Daquela vez, só subiram uma mulher e uma criança, que começou a chorar assim que o carro arrancou.

Você é daqui de Santa Marta?, quis saber o rapaz, que também me ofereceu uma bala de hortelã, cujo cheiro eu já havia sentido assim que assentei ao seu lado. Aceitei e começamos a conversar, como se fôssemos velhos conhecidos. Então ele me contou que estava vindo de Itamarandiba, onde tinha ido resolver uns negócios para a firma na qual trabalhava, em Guanhães. Mas não sou de lá, nasci foi na Bahia, em Vitória da Conquista, você conhece?, perguntou, dando-se ares de importância, para em seguida dizer que seus pais haviam se mudado para Ipatinga, mas ele não quis acompanhá-los e preferiu ficar em Guanhães, onde era ajudante de mecânico numa concessionária que o valorizava muito. Até um curso de especialização em Belo Horizonte, onde o hospedaram em um hotel quatro estrelas perto da Avenida Afonso Pena, pagaram, e ele tinha esperanças de crescer na firma, fazer carreira e, quem sabe um dia, poder ir à Itália, onde ficava a matriz, como tinham lhe falado. Já pensou eu lá, todo bonitão, assistindo a um jogo do Roma com o Milan...?, disse, dando asas ao sonho.

Além do mais, gostava de Guanhães, onde tinha sua namorada, com a qual estava pensando em se casar assim que ajeitasse umas coisas. Também tinha os amigos, e um grupo de pagode que já começava a ficar conhecido nas cidades vizinhas. Tenho 23 anos e por enquanto vou ficando por lá mesmo, pois sou muito novo ainda, disse o moço. Contou também que antes de começar a trabalhar na firma, para onde foi levado por um amigo, ele e sua mãe eram camelôs. Vendiam roupas prontas e chegaram a ter uma boa clientela na região. Íamos por todo canto: Virginópolis, Sabinópolis, Paulistas, São João Evangelista, Jacuri, Santa Maria do Suaçuí, São Sebastião do Maranhão e até aqui em Santa Marta paramos uma vez, quando nosso carro acabou a gasolina. Mas o povo daqui, sem querer ofender, é meio pão-duro, desconfiado que dói. No mais, todo mundo conhecia a gente, e era legal, dava para descolar umas minas, além de ganhar uma boa grana de lucro. Até uma moto deu para comprar, prosseguiu o moço. O resto do ônibus estava em silêncio. Parecia até que todos prestavam atenção na nossa conversa.

Quando a mercadoria acabava, ele ia de ônibus a Governador Valadares, e lá tomava outro para Nanuque, onde tinha "um canal" com um amigo do seu pai, que vivia naquela cidade e era dono de uma loja, com direito a duas filiais, em Teófilo Otoni e Itaobim. Ele trazia as roupas de Salvador, "direto da fábrica", e as repassava para eles por um ótimo preço. Isso sem falar do prazo, que costumava ser de até uns três meses ou mais, dependendo do choro e da quantidade de peças adquiridas. Não dava para recusar. Era um negócio e tanto, e ninguém conseguia concorrer com a gente, contou o rapaz, que em seguida comentou, desviando o assunto: deve estar quase na hora da baldeação, que saco ter de começar tudo de novo...

E realmente, minutos depois, o ônibus parou. E foi, outra vez, a mesma chateação: todo mundo teve de descer, pegar as bagagens, atravessar aquela pinguela perigosa com o risco de cair dentro do rio e em seguida trocar de carro. Uma senhora que estava conosco ficou tão nervosa que seu filho, um rapaz magro, teve de passar com ela carregada, enquanto ela, aos gritos, amaldiçoava os prefeitos de Jacuri, de Santa Marta, até o governador, por terem deixado a estrada chegar numa situação daquelas, "que nem quando não tinha asfalto". Alguns aprovaram com a cabeça, mas sempre em silêncio. Ninguém dizia nada.

Resolvida a situação, prosseguimos a viagem num outro ônibus, mais confortável, de poltronas macias. Tinha até saquinhos de lixo, além de lugar adequado para se colocar a garrafinha d'água, e também cintos de segurança, que ninguém estava usando. Então o rapaz, depois de me oferecer mais uma bala, prosseguiu com sua história. Disse que a sua mãe era uma ótima vendedora, tinha um papo e tanto, e já começavam a pensar em abrir uma lojinha em Guanhães, perto de onde moravam, no final da Rua do Pito. Chegou até a propor a ele uma sociedade, coisa fina, que não tinha como dar errado. A loja iria ter nome, firma registrada e tudo, como um outro comércio qualquer. Nunca pensei que nós, uns pés-rapados, um dia teríamos comércio próprio, e fiquei entusiasmado, contou o moço.

Mas aí, em uma das viagens a Nanuque para buscar mais mercadoria, aconteceu uma coisa que pôs tudo a perder. Não gosto nem de me alembrar, de tanta humilhação que passei. Eu estava com quatro sacolas cheias de calças jeans e blusas, quando a fiscalização parou nós perto de Frei Inocêncio, quase chegando em Valadares, disse o rapaz, que descascou outra bala. Já devia ter chupado umas cinco. Todos os passageiros foram obrigados a descer, mostrar os documentos, notas fiscais das compras, essas coisas, senão o ônibus iria ficar retido um tempão, como de vez em quando costumava acontecer, se a polícia cismasse em dar uma incerta como aquela. Era um aborrecimento.

Você acredita que liberaro todo mundo, menos eu, que estava com tudo em cima, inclusive meu CPF, a carteira de identidade?, disse o moço, elevando o tom da voz, o que chamou a atenção de alguns passageiros, que se voltaram para nós. Então os fiscais, que eram dois, o levaram para dentro da viatura, onde estavam três soldados. Bateram nele, tomaram seu dinheiro, o chamaram de negro vagabundo, e ainda disseram que, com aqueles brincos e tranças nos cabelos, ele só podia era ser veado ou então travesti, daqueles que faziam ponto na rua Afonso Pena, lá em Valadares. Gente assim, como você, nós costumamo desová lá na ponte de São Raimundo, ou na cachoeira do Suaçuí, pra servir de tira-gosto aos surubins, ainda disse um dos fiscais, para depois caírem na gargalhada. Os soldados, que não fizeram nada, também riram. Só então foi que o soltaram; mas não sem antes mandarem-no abrir a boca, onde enfiaram o cano do revólver e ameaçaram puxar o gatilho, só para deixarem-no apavorado, tremendo de medo. Durante semanas ficou com os lábios feridos.

Os filhos da puta fizeram isso comigo, você acredita? Daquele dia em diante, contra a vontade da sua mãe, que insistia em continuar com a sociedade, pois o mundo é assim mesmo, cheio de injustiças, ele parou de ir a Nanuque buscar roupas, encerrando de vez o seu sonho de se tornar um microempresário. Ficou uns meses sem fazer nada, de tanta revolta, só com vontade de matá um, até que o seu amigo, "enviado por Deus", o convidou a ir trabalhar na firma, onde estava até aquele dia e de onde não pretendia sair tão cedo. Sei montá e desmontá qualquer carro. Tirei carteira, que permite dirigir até carreta, e estou satisfeito, ainda confessou, antes de se despedir, apertar a minha mão e dizer, quando chegamos a Guanhães: meu nome é Jairo Antonio, Jairo Antonio da Conceição, e precisando de alguma coisa conte comigo, pois tô na área.

10

Naquela cidade onde o ônibus faz a primeira parada, desci e fui ao banheiro, onde está o mesmo porteiro desde que comecei essas viagens para Santa Marta, há coisa de seis anos. Fica assentado em um banquinho e cobrando a entrada das pessoas. Algumas ele cumprimenta pelo nome. Só crianças abaixo de 10 anos e mulheres grávidas é que não pagam. Não escapam nem os velhos com mais de 70. Uma noite, conversando com ele, revelou, após liberar a catraca para uma moça que estava sem dinheiro, mas muito apertada: o mais ruim de tudo mesmo aqui é só o fedor que às vezes bate quando o vento está a favor e alguém resolve cagar. Fora isso, gosto desse trabalho; converso com um e outro, fico sabendo das coisa, e até uma leitoa ganhei no Natal, dada por um homem de Sardoá que também chegou aqui desprevenido, e deixei ele se aliviar.

Urinei bastante, passei água no rosto, e na lanchonete, onde comi empadinha, tomei Coca-Cola e comprei uma garrafa de água mineral, me encontrei com o Zé Antonio, que é dali de perto, de um lugar chamado Correntinho, onde estive uma vez no enterro de uma amiga da nossa família, que se chamava dona Antonia. Estava com mais de 90 anos, mas ainda fumava seu cigarro de palha, que ela mesma preparava amassando o fumo na palma da mão, depois de picá-lo com canivete. O cemitério ficava no alto de um morro, e tivemos o maior trabalho para levar o caixão. O corpo pesava muito, e se estivesse chovendo, como chegou a anunciar, não sei como seria. Teria de ficar para depois.

Voltei dos Estados Unidos e agora estou com um táxi fazendo a praça, vamos ver o que vai dar, o Zé Antonio me disse, e mostrou com orgulho um carro novinho, estacionado logo adiante, que havia conseguido comprar com o dinheiro economizado na América, onde trabalhei feito um burro. Tem trava elétrica, ar-condicionado, direção hidráulica, farol de milha, rádio..., ele ainda falou, sem disfarçar o entusiasmo. Era o primeiro carro que conseguia comprar. Tinha trabalhado durante dois anos como servente de pedreiro nos arredores de Nova York, num lugar cujo nome, de tão difícil de pronunciar, não havia decorado. Voltou falando umas duas ou três frases em inglês, o bastante para não morrer de fome por lá, e mais nada. Também não fez a mínima questão de aprender, pois seu objetivo era vir embora, assim que conseguisse alguma coisa. Contou ainda que, na América, só tinha convivido com brasileiros e um ou outro português, porque falam uma língua parecida com a nossa. Gringos, mesmo, só ficou conhecendo dois, que eram gente boa. Um deles, mister John, quis saber se Minas Gerais ficava perto da selva Amazônica, que ele tinha muita vontade de conhecer.

No mais, o Zé Antonio evitava ficar dando bobeira, porque era ilegal, e só saía uma vez ou outra para ir comer comida mineira em um restaurante de um pessoal de Materlândia, que está por lá até hoje, onde então ficava sabendo das notícias. Até queijinho do Serro e goiabada, de vez em quando, costumavam aparecer. Foi lá, também, que contaram a ele sobre a morte do Alceu. Um engenheiro nosso amigo, que tinha sido assassinado meses antes em Guanhães, para onde havia voltado depois de ter vivido muitos anos em Belo Horizonte: num início de noite, estava na cozinha da fazenda dos seus pais se preparando para jantar quando um pistoleiro, através da janela, lhe deu um tiro de carabina nas costas. Dizem que sua mãe, assustada com o barulho, teria falado: estourou uma lâmpada, meu filho, vamos ter de trocá-la amanhã. Ao que ele respondeu, já começando a cair: eu fui baleado, mãe, fui baleado. O levaram para o hospital, foi operado às pressas, mas acabou não resistindo e morreu, causando grande comoção na cidade, que parou para ir ao seu enterro.

Além daquelas idas ao restaurante do pessoal de Materlândia, o Zé Antonio só ia da casa para a obra e da obra para casa, uma construção de madeira com dois quartos e um único banheiro que dividia com 12 rapazes, inclusive um de Santa Marta, cujo nome não me lembro agora. Mas as coisas por lá haviam piorado, e ninguém mais estava conseguindo arranjar emprego. Também tem muito brasileiro que apronta, atrapalha a imagem do país, completou com um sorriso. Em seguida, após me dar seu cartão, nos despedimos, pois o ônibus estava saindo. Ainda vi quando ele, após colocar no porta-malas do táxi as bagagens de uma passageira — uma mulher gorda e cheia de sardas, que usava um vestido colorido —, saiu para fazer mais uma corrida. Antes, ainda balançou a mão para mim e gritou alguma coisa que não consegui entender.

11

Uma meia hora depois, assim que chegamos ao trevo de Senhora do Porto, a uns 20 quilômetros de Guanhães, uma moça morena que havia se assentado ao meu lado, no lugar do mecânico, desceu. Estava vestida de branco, e pensei que talvez fosse médica ou enfermeira. Não chegamos a nos falar, pois ela passou o tempo todo lendo a Bíblia; encadernação de couro, que parecia ser bem antiga, pela cor amarelada das folhas. Lia uma página, fechava o livro e os olhos, para em seguida continuar, como se estivesse querendo decorar o texto. Um carro caindo aos pedaços, com duas pessoas, a esperava, e ela desceu em silêncio, como tinha entrado.

A tarde começava a cair, e logo adiante passaram por nós dezenas de cavaleiros, homens e mulheres, que deviam estar voltando de algum passeio nas redondezas. Alguns mais descuidados galopavam no meio da estrada, e o motorista teve de buzinar várias vezes até passarmos por um lugarejo chamado Jacaré, que ficava logo adiante de Senhora do Porto, de onde provavelmente vinham aquelas pessoas. As ruas estavam movimentadas e enfeitadas com bandeirolas coloridas. Também soltavam foguetes. Devia ser festa de algum santo, talvez o padroeiro do lugar, ou então uma outra comemoração qualquer. Em um palanque, que haviam armado no meio da pracinha, debaixo de uma gameleira, um conjunto tocava música sertaneja e as pessoas dançavam, sem se importar com um resto de lama que, devido às últimas chuvas, tinha se acumulado ali.

Alguns minutos depois, passado aquele movimento, abaixei a cadeira na esperança de cochilar um pouco, mas não consegui, embora tenha me deitado nas duas poltronas, pois ninguém se assentava ao meu lado. Então, quando estávamos começando a subir a Serra de Maria Lopes, após a encruzilhada de Dores de Guanhães, me veio à cabeça uma história antiga, acontecida em Santa Marta há mais de cem anos, e que meu pai tinha me contado quando eu era menino. Pela vida afora, ele a repetiu para mim algumas vezes de maneira fragmentada e não raro com elementos novos, que ia acrescentando à medida que as versões se sucediam. Com as perdoáveis distorções causadas pelo tempo, vou tentar narrá-la aqui, antes que também se perca da minha memória. Hoje quase ninguém a conhece mais.

12

Tudo começou no início dos anos 1900, quando chegou a Santa Marta, vinda das bandas de São João Evangelista, uma família de libaneses: Abdo Mansur, Sâmia, e os dois filhos deles, Salim e Fátima, ela ainda adolescente. Eram acompanhados por uma moça mais velha, Latife, e um sobrinho dela, Racife, que depois, como se ficou sabendo, era amigo inseparável de Salim desde os tempos de criança. Daí que os trouxeram, quando resolveram vir para o Brasil. Como eram pobres e não tinham dinheiro para pagar as passagens, o trato feito com Abdo foi que, com o trabalho, eles iriam quitar as dívidas, contraídas desde o início da viagem, quase um ano antes, quando haviam tomado um navio no porto de Beirute, até à chegada ao Rio de Janeiro, onde os Mansur tinham uns parentes, com os quais ficaram hospedados nos primeiros dias, se ambientando com o novo país. Depois tomaram seus rumos e acabaram dando com os costados em Santa Marta, que naquele tempo não passava de uma vila muito pobre, com uma igrejinha no centro, um pequeno coreto de madeira e pouco mais de 50 casas, espalhadas numa pequena planície cortada pelo Rio Matinada. Ao redor, eram só montanhas. Também havia um rancho de tropas, dos quais os moradores se orgulhavam por ser um dos maiores da região, perdendo apenas para o de Diamantina. De resto, não tinha mais nada. Fora os animais: algumas vacas, cachorros, cavalos e umas galinhas. que pastavam livremente a grama, até irem para as panelas.

Os mais velhos diziam ainda que, anos antes, existia um cruzeiro no meio do largo, bem em frente à igrejinha. Havia também uma casa de teatro, e ainda uma frondosa gameleira, que só foi cortada muito tempo depois, quando resolveram colocar um marco de cimento no lugar com a data da fundação do arraial, lá pelos idos de 1880 e tantos, quando algumas famílias, vindas de Diamantina, resolveram começar vida nova no então despovoado Vale do Rio Doce. Em Santa Marta, à noite, a luz vinha das lamparinas. As pessoas tomavam banho na bacia, ou então no rio, escovavam os dentes com folhas de goiabeira, faziam suas necessidades no mato, debaixo dos cafezeiros, e ali as novidades eram tão poucas que, quando se dava um fato novo como aquele da chegada dos libaneses, era um reboliço e tanto. Garantia de assunto para muito tempo.

Meu pai, que na época ainda não era nascido, tinha ouvido essa história dos seus pais e também dos mais velhos do lugar: Laurentino Rosa, Victor Aguiar e seu tio Oliveira, que jurava ter conhecido todos os protagonistas dessa aventura. Logo que os libaneses chegaram, ninguém entendia nada do que falavam, de tão embolada e difícil era a língua deles. Do português, apenas Abdo, com dificuldade, arranhava algumas palavras. Com o passar dos meses, uma coisinha e outra já dava para ir pegando, até todos começaram a se comunicar sem maiores problemas e, em pouco tempo, já eram tão brasileiros como quaisquer outros, completamente integrados à nova vida e ao lugar.

Não se sabe até hoje como foi que, depois de desembarcarem no Rio, acabaram indo esbarrar em Santa Marta. Talvez tenha sido por indicação de algum patrício, já que o povoado, na época, apesar de ser pequeno e pobre, tinha lá o seu movimento, pois era por onde passavam as tropas de burros vindas do Vale do Rio Doce em direção a Diamantina, Montes Claros e, mais raramente, à Bahia. Daí o rancho ser grande, para poder abrigar todo mundo. Ainda me lembro dele. O dono era seu avô Joãozinho, e o rancho ficava onde hoje é a prefeitura. Casa grande, de madeira e chão batido, e com o pé-direito bem alto. Tinha uma balança no meio do salão, e às vezes se contavam cem, duzentos burros em volta, amarrados nas estacas, dizia meu pai.

E foi em Santa Marta — onde também se acreditava que iria passar um ramal da estrada de ferro vindo de Diamantina para fazer a ligação com Peçanha e Teófilo Otoni, unindo os vales do Jequitinhonha, Rio Doce e Mucuri, até se encontrar uma saída para o mar nos portos do Sul da Bahia — que os dois amigos libaneses, Salim e Racife, depois de estabelecidos com a família, começaram a trabalhar duro, como não era costume por ali, onde a maioria das pessoas preferiam passar os dias nas portas das casas, falando da vida alheia, ou então jogando malha debaixo da gameleira.

Meu pai contava que eles, no início, eram mascates, como a maioria dos seus patrícios espalhados pela região, principalmente em Santa Maria do Suaçuí. Em Água Boa e Guanhães também existiam alguns. Rapazolas ainda, mas com uma disposição incrível para o trabalho, Salim e Racife buscavam as mercadorias em Diamantina: roupas, relógios, tecidos para cama e mesa, bebidas importadas, dentaduras, águas de cheiro, armas de fogo de todos os tipos e calibres, que naquele tempo eram vendidas livremente nas prateleiras das vendas. E na volta — na maioria das vezes na companhia dos tropeiros, com os quais se entrosaram — vinham vendendo seus produtos estrada afora: de casa em casa, de vila em vila, de mão em mão, ou até mesmo no meio dos caminhos, quando acontecia de encontrarem alguém ou alguma outra tropa. Assim iam conhecendo as pessoas, fazendo amizades, expandindo seus negócios. Davam prazo, facilitavam o pagamento, trocavam mercadorias, aceitavam encomendas e cobravam juros baixos, tudo para ir aumentando a clientela. Às vezes, forneciam às noivas o enxoval inteiro, e depois do casamento compravam o vestido por menos da metade do preço para vendê-lo à outra mais adiante, como se fosse novo, pronto para ser usado pela primeira vez. Consta que o coronel Bernardino Carvalhaes, chefe político do Rio Vermelho, era um dos seus melhores fregueses, e na casa dele chegaram a ficar hospedados várias vezes — honraria concedida a poucos: juízes de direito, deputados, comandantes de batalhão, que ali passavam temporadas pescando, caçando pacas e veados, comendo leitoa assada e tomando dos melhores vinhos, safras antigas trazidas de Portugal. Quando não uma cachacinha, das melhores, fabricada por lá mesmo, onde ainda se fazia um queijo dos mais saborosos. Na fazenda de Gabi Santos, outro coronel famoso, cujas terras se perdiam de vista, também Salim e Racife se fartavam. Enfim, era fácil lidar com aqueles turcos. Valia tudo, menos ficar sem fazer "uma negocinho", como diziam, para o deleite da mulher do seu Gabi, que se divertia com aquele sotaque ao lado do marido, enquanto recebia suas encomendas. Uma a uma, e com o maior gosto, ela as ia colocando em grandes canastras de couro, todas enfeitadas com lindos bordados.

Com pouco tempo começaram a prosperar e a ganhar dinheiro, contava o meu pai, que um dia, após um daqueles seus terríveis ataques de asma, me mostrou, lá em Santa Marta, o lugar em que tudo aconteceu, no antigo Beco dos Velhacos, hoje rua Euler Ribeiro, onde não existe mais nada da época, e ninguém nunca ouviu falar nessa história.

Enquanto Salim e Racife mascateavam, Abdo e Samia abriram um armazém, pequeno, mas já o melhor do lugar, no qual se vendia de tudo, inclusive algumas mercadorias que os amigos traziam de Diamantina ou de mais longe: Montes Claros ou Itabira, onde costumavam ir, acompanhando a tropa de Levi Alves, grande fazendeiro de Jacuri. Ou então a de Teotônio Santos, lá mesmo de Santa Marta, com o qual chegaram até ao Porto de Santos, a mais de 1.200 quilômetros de distância do povoado, levando quinhentas mulas, numa viagem que, entre a ida e a volta, durou mais de seis meses.

Quanto a Latife, para poder ajudar o sobrinho a saldar os compromissos com a família dos Mansur, trabalhava como empregada na casa, onde fazia de tudo: lavava roupa, preparava a comida, buscava água na mina, lenha nos pastos, e ainda ajudava Samia, até tarde da noite, a fazer os salgados e os doces vendidos no armazém, que Abdo só fechava na Sexta-feira da Paixão, assim mesmo porque tinha sido pressionado por um padre — um redentorista que havia passado por Santa Marta, vindo das bandas do Rio Araçuaí, onde teria causado um grande escândalo ao ficar hospedado por vários dias na casa de Luciana Teixeira que, por aqueles tempos, ainda era dona do bordel mais famoso da região. No mais, sobre Abdo, era dia e noite atrás daquele balcão, com um avental já amarelado e fumando enormes cigarros de palha, que ele mesmo fazia com fumo forte vindo da vila do Baguari, da fazenda de um compadre seu, Rachide Salomon Aun.

Diziam que Latife só andava de preto, talvez devido a algum luto trazido da sua terra, sobre o qual, se fosse mesmo verdade, nunca falou para ninguém. Também quase não tirava o lenço, como a maioria das mulheres de Santa Marta. Contava-se ainda que ela pouco conversava, era muito religiosa, mas que, com o passar do tempo, fez muitas amizades por lá, mais do que nenhum estranho até então. No futuro, para o desfecho dessa história, esses contatos seriam muito importantes, sobretudo com Suzana, a funcionária do correio. A amizade era tanta entre as duas que algumas pessoas, sem o que fazer, às vezes inventavam coisas.

Ainda sobre Latife, cujos olhos eram muito negros, ela chegou a arranjar um pretendente, que foi rejeitado de imediato, para a surpresa de todos, já que o homem tinha uma fazenda e podia tirá-la daquela situação de pobreza, caso ela quisesse se casar com ele, como este deixou público. No mais, a única coisa que parecia interessar àquela mulher era o seu sobrinho Racife, pelo qual tinha adoração. Alguns chegavam também a dizer que ela era a mãe dele, mas escondia esse segredo por não haver se casado com o pai, que tinha sido morto no Líbano por seus irmãos.

Racife também gostava muito dela, e todas as vezes que voltava com Salim de suas viagens lhe trazia um presente, qualquer coisa que fosse — mas que para ela tinha um valor imenso. Quando acontecia de tirarem uma folga, às vezes um ou dois dias, depois que chegavam das suas andanças, o que os dois amigos mais gostavam era de jogar dama. Antes de se mudarem para lá, ninguém em Santa Marta conhecia esse jogo, que depois deles se tornou popular, até cair novamente no esquecimento. As pessoas contentavam-se apenas com a malha, jogada exclusivamente pelos homens debaixo da gameleira grande. Ou então com o carteado, que corria solto nas casas e em todas as vendas, nas quais, às vezes, se apostava alto. Muitos perderam tudo. Como crianças, os dois passavam o dia inteiro debruçados em cima de um tabuleiro de damas, em frente ao armazém de Abdo, que também apreciava a brincadeira e, de tempos em tempos, se aproximava para dar seus palpites: ponha esse pedra ali, esse aqui, dizia, enquanto dava fortes tragadas no seu cigarro de palha, cujas brasas, que se soltavam, já haviam furado quase todo o seu avental.

Com o tempo, outras pessoas começaram a jogar com eles, inclusive algumas moças, devidamente acompanhadas dos seus pais, ou irmãos, que não arredavam o pé, vigiando-as. Contava-se que até um campeonato, com a participação de gente dos lugares vizinhos, chegaram a organizar. Os tabuleiros de madeira eram feitos lá mesmo, em Santa Marta, e como marcadores, na falta dos originais, improvisaram tampinhas das garrafas de cerveja que ficavam nas prateleiras das vendas, e as pessoas as tomavam quente ou então colocavam dentro d'água para esfriar.

Salim e Racife também criavam galos-de-briga, e na rinha que arranjaram no fundo do quintal da casa deles se apostava alto, mesmo a contragosto de Samia, que embora sentisse pena das aves não conseguiu demovê-los daquele capricho. Coisa antiga, vinda de longe, desde a infância no Líbano, da qual não conseguiam se esquecer. Alguns galos, se não fossem separados, brigavam até morrer, principalmente os índios, que eram os mais bravos.

13

Mas chegou o dia, contava o meu pai, em que ser mascate já não estava interessando muito aos amigos, que passaram a sonhar mais alto, talvez uns cinco anos depois de terem começado a sociedade. Afinal de contas, era para isso, ganhar dinheiro, que tinham deixado o seu país. E esse desejo tinha outro alvo, bem mais tentador: as pedras preciosas, turmalinas e esmeraldas que, algum tempo antes, haviam sido descobertas na divisa de Santa Marta com Itamarandiba, na Serra da Bocaina, onde nunca mais apareceram. Surgiram só naquela época, e depois sumiram nas entranhas da terra, que parece tê-las tragado de vez, como um castigo pelo que aconteceu, como se verá adiante. E foi lá o paradeiro, na época, de dezenas de aventureiros que também seguiram em busca da fortuna, daqueles dois rapazes libaneses, cuja amizade encantava a todos. Compraram o direito a um barranco, contrataram alguns empregados, e em menos de seis meses, segundo era voz corrente, já haviam tirado muitas pedras, mais do que todos os outros garimpeiros juntos. A estrela deles brilhava.

O primeiro lote, que ficou guardado no cofre de Abdo, foi vendido lá mesmo em Santa Marta para um patrício de nome Naim Ayub, que, segundo se espalhou a notícia, tinha vindo de Belo Horizonte especialmente para fazer negócio, de tão boas eram aquelas gemas. Dizia-se que depois ele as enviava para o Rio — de onde seguiam de navio para a Europa —, recebendo um lucro estrondoso. Até automóvel, na recém-inaugurada capital de Minas, já havia conseguido comprar, além de vários imóveis comerciais e casas, que alugava para os italianos. Com a metade que lhe tocou, Racife aproveitou para pagar, se não tudo, pelo menos a maior parte do que deviam a Abdo Mansur.

Já ele tinha as contas anotadas em um caderno, que também ficava guardado em um cofre nos fundos do armazém. Foi o primeiro do qual se teve notícias em Santa Marta. Quanto a Salim, contam que comprou uma pequena fazenda e começou a criar gado curraleiro, além de ter emprestado dinheiro para o pai, que aumentou seu comércio, passando a vender tecidos, perfumes e bijuterias, e ainda bacalhau e vinho do Porto, tudo trazido pelos tropeiros.

Mas os dois sócios, ambiciosos como eram, ainda não estavam satisfeitos. Foram outra vez a Diamantina, agora não mais a pé, como nos primeiros tempos, mas montados em bons animais de sela, os melhores que haviam encontrado. Na volta, em vez de coisas para mascatear, eles trouxeram, além de vistosos dentes de ouro que faziam inveja a muita gente, algumas brocas para furar a terra e ainda duas máquinas para bombear água nos barrancos. Tudo isso iria facilitar o trabalho no garimpo, fazer com que as pedras saíssem mais depressa. Racife, que nunca se esquecia da sua tia Latife, comprou para ela duas cruzinhas, um broche e um lindo par de brincos de coco e ouro, que eram feitos por um ourives chamado Ezequias Lopes. Ao saber que Racife morava em Santa Marta, teria comentado, depois de ele ter escolhido os presentes para a sua tia: moram uns parentes meus naquele patrimônio, onde tenho muita vontade de ir, pois me disseram que é um lugar supimpa, de futuro e clima agradável. Mas nunca apareceu.

Foi a partir de então, com o maquinário comprado para bombear a água, que o lucro de Salim e Racife triplicou e, em vez de só um, passaram a controlar vários barrancos, com muitas pessoas trabalhando para eles. Contava-se que também conseguiram lampiões a gás, o que lhes possibilitavam trabalhar até tarde da noite. Além de Naim Ayub, o comprador de Belo Horizonte que era o mais contumaz, vinham outros turcos de longe buscar as pedras daqueles dois rapazes, que enriqueciam a cada dia.

14

Onde entra o dinheiro não deixa de chegar a discórdia, sentenciava o meu pai, provavelmente repetindo o que havia ouvido quando lhe contaram essa história. Foi assim também entre aqueles dois libaneses, cuja amizade até então estava acima de tudo. Mas começaram os desentendimentos. O primeiro motivo teria sido por causa de uma venda, pouco esclarecida, de um lote de esmeraldas, na qual Racife se julgou prejudicado, pois estava viajando quando Salim fez o negócio. Falaram também de uma mulher que teria vindo para a zona de Santa Marta, que naquela época ainda não se chamava Saravá, e com a qual Salim se encantou, mas com quem também Racife se deitava. Salim a queria só para ele, dizia o meu pai, mas ela era de todos. A mulher se chamava Zuleide e, segundo também ficou registrado, se exibia nas ruas — para o horror das senhoras do lugar — com uma extravagante peruca loura, além de cílios postiços e um batom muito vermelho, cujas marcas, às escondidas, as esposas procuravam nas camisas e cuecas dos seus maridos, quando as levavam ao rio para lavar.

E um terceiro motivo daquela desavença — e desse todo mundo sabia, pois ele não escondia de ninguém — era o ciúme doentio que Salim tinha da sua irmã, Fátima, pela qual suspeitava que Racife se apaixonara, embora pouca gente acreditasse nisso, pois ele nunca havia demonstrado nada. Se houvesse alguma coisa, teria de ser debaixo de todos os panos. Não foram poucas as vezes que, por causa dela, Salim chegou a ameaçar alguns rapazes de Santa Marta, inclusive um tio de vocês, o Pedrinho, que andava de olho na moça, como dizia o meu pai. Fátima, com o passar dos anos, ia ficando cada vez mais bonita com aqueles cabelos pretos, imensos, que lhe passavam abaixo da cintura e ela às vezes soltava, quando ia à igreja, deixando loucos os seus pretendentes e o irmão, cujo ciúme só aumentava na medida em que se tornava mais bela.

Em dias como aqueles, sem esconder de ninguém, Salim andava para baixo e para cima ostentando na cintura um revólver de cano longo, cabo prateado, que Naim Ayub havia trazido para ele de uma das suas viagens em busca das pedras. Esse veio dos Estados Unidos, é tiro e queda, disse a Salim, na hora da entrega. Ayub, que ficara cego de um olho por causa de uma das tantas guerras acontecidas no Líbano, também era um exímio atirador, e não foram poucas as vezes, como dizia o meu pai, que se exibiu com sua arma no largo de Santa Marta, onde cortava palitos de fósforos a vários metros de distância, além de arrancar o fundo das garrafas depois de passar as balas pelos bicos, como se aquela fosse a coisa mais simples do mundo.

15

Seja como for, por negócios ou essas outras razões, o certo foi que em um início de madrugada a vila inteira foi acordada com uma gritaria infernal, na língua deles, vinda da casa de Abdo, onde os dois amigos dividiam o mesmo quarto, que ficava de frente para a rua. Ninguém entendeu nada do que diziam, mas dava para perceber que pela primeira vez Salim e Racife, até então unha e carne, estavam se desentendendo. Naquela noite, se não fosse pela interferência de Samia, com certeza a coisa teria sido mais séria, como no outro dia Latife contou à Suzana, sua amiga do correio. Um prato cheio para as pessoas, ainda mais porque Salim, que pouco bebia, passou o dia seguinte inteiro em uma venda tomando cachaça, jogando baralho e falando mal do amigo, como nunca ninguém vira até então.

Mas no final da tarde, quando já não estava se aguentando de tão bêbado, quem o levou para casa foi Racife, que antes ainda lhe deu um bom banho de rio, dentro do qual também se jogou de roupa e tudo, como costumava fazer. No armazém, Abdo, aliviado, teria dito a alguns amigos nos dias seguintes, sempre repetindo a mesma frase, como para acreditá-la verdadeira: foi briga de meninas, já está resolvida. Mas não estava, e apesar de terem voltado ao trabalho na lavra, de onde continuaram a tirar cada vez mais pedras, alguma coisa entre aqueles dois já havia se partido. A semente da discórdia, como alguém chegou a profetizar, tinha se instalado, e as paredes estavam trincadas com perigo de racharem de vez. Deixaram de dividir o mesmo quarto. Não jogaram mais dama, e o tabuleiro ficou largado em um canto do armazém. Não foram mais vistos nadando no rio, como gostavam de fazer todas as tardes, nem organizando as brigas de galos. Também pararam de viajar juntos, como desde o início da sociedade, quando não passavam de dois rapazolas cheios de sonhos. Daí em diante, se tinham de resolver algum problema em Diamantina ou em qualquer outro lugar, ia um ou outro, e tudo isso foi alimentando os comentários, inclusive de que Salim teria mesmo enganado Racife na venda das tais esmeraldas.

Essas conversas nos meses seguintes ganharam ainda mais força quando, na partilha de outro lote, dessa vez de turmalinas, não se sabe por que Salim exigiu de Naim Ayub pagamento à vista, e não a prazo, como sempre tinham dado seguindo o costume em tal tipo de negócio, em que a honra da palavra empenhada estava acima de tudo. Senão o sangue corria. Novamente os sócios discutiram, dessa vez lá mesmo na lavra, na vista de todo mundo, a ponto de quase saírem nos tapas, e só não aconteceu por interferência dos empregados e do próprio Ayub, que concordou, apesar do perigo, em voltar no mês seguinte trazendo dinheiro em espécie, notas novas como Salim exigia. Venho e levo lote de pedras, tem importância não, trago dinheira viva dentro do bolsa para pagar amiga, teria dito, antes de montar o cavalo e ir embora, apesar da tempestade que, à vista de todos, já estava se anunciando.

16

Esse trem ainda vai sair dos trilhos, alguém teria dito à noite, na porta de uma venda, quando novamente Salim bebeu e foi embora tonto, já quase de madrugada, mas dessa vez sozinho, pois Racife, do qual voltara a falar mil coisas, inclusive algumas de quando ainda viviam no Líbano, já não apareceu para buscá-lo, assim como ninguém da sua casa. É coisa de moços novas, força do idade, logo passa, Abdo Mansur teria repetido no outro dia, enquanto preparava um cigarro cortando nervosamente o fumo com o canivete.

Latife, que por natureza quase não falava, se tornou ainda mais calada e arredia, a ponto de só responder aos cumprimentos das pessoas quando passava na rua com um balançar de cabeça. No mais, eram olhos no chão, e os pés, descalços, deixavam marcas na areia. Descobriu-se também que a convivência entre ela e Samia era péssima. Não faltou quem falasse que Racife era filho dela e de Abdo, e não do tal homem, lá no Líbano, supostamente morto pelos irmãos de Latife por não ter se casado com ela. Foi só por isso que os trouxeram para cá, um homem sentenciou numa tarde, assentado em um banco na porta da sua casa, como se fosse a verdade mais cristalina. Ao que sua mulher, que tricotava, concordou, porque não gostava do feitio daquela gente.

Não faltou também quem visse semelhanças físicas entre ele e Salim. Os olhos grandes e negros. As sobrancelhas cerradas. O peito cabeludo e musculoso. Os ombros largos. O jeito de gesticular, a mesma maneira de falar, de cumprimentar as pessoas. Daí a suposta desavença entre Latife e Samia, e isso só ajudava a reforçar ainda mais a conversa de que Abdo teria tido alguma coisa com Latife, com a qual, muito provavelmente, talvez até ainda se encontrasse às escondidas no mato, quando a esposa estivesse dormindo. Tudo isso sem se levar em conta que Latife, além de ser bem mais nova, era também muito mais bonita que Samia. Mulher sem graça, mal-humorada e para quem, além do dinheiro, nada mais parecia importar.

Certo é que aquelas duas, embora morassem na mesma casa, nunca andavam juntas, e até mesmo na Igreja, nas rezas de domingo, se assentavam em bancos diferentes, como se fossem estranhas. Essas e muitas outras coisas faladas naqueles dias e nos seguintes, depois que tudo aconteceu, mudando para sempre a vida daquelas pessoas, talvez não tenham passado de especulações, conversas de "ouvi dizer", de gente que não tinha o que fazer naquele povoado a não ser ficar fofocando com a vida alheia.

Seja como for, ocorreu que em um sábado pela manhã, quando o arraial estava cheio, pois era dia de feira, Salim e Racife, que naquela semana não tinham ido para a lavra, pois estava chovendo muito, começaram a discutir aos gritos no fundo do armazém de Abdo. Na maior parte do tempo falavam na língua deles; daí, mais uma vez, ninguém ter entendido a maioria das palavras que disseram. Mas também deixaram escapar uma frase ou outra em português, que depois foram importantes para a elucidação dos fatos. Dali aquela discussão evoluiu para o meio do largo e de lá, cada vez mais acirrada e aos gritos, para o Beco dos Velhacos. Ali vivia um homem, um tal Juca da Serra Negra, que trabalhava com eles nos barrancos e, como depois ficou sabido, teria dito a Racife que Salim o tinha mesmo roubado na venda das pedras, como pudera testemunhar ouvindo atrás de uma porta, enquanto ele e Naim Ayub se entendiam na sala, sem saberem da sua presença. Daí terem ido para lá esclarecer de vez aquele assunto, pois daquele jeito as coisas não podiam ficar mais.

Mas Juca da Serra Negra não estava ou não quis abrir a porta da sua casa, com medo de possíveis consequências ou porque havia inventado a história, que não poderia sustentar na presença dos dois. Abdo e Latife, que os haviam acompanhado, tentaram fazê-los parar com aquilo. Algumas pessoas também chegaram, e a tia teria ainda, como último recurso, segurado o sobrinho pelo braço para tirá-lo dali. Mas esse a repeliu com um empurrão, quase fazendo-a cair, de tão transtornado que estava. Ouviram-se em seguida mais gritos, outras e outras injúrias, quando Racife teria chamado Salim de ladrão, encarnação de Caim, precipitando assim os acontecimentos, pois a partir daí partiram para a briga e começaram a se esmurrar, para caírem entre socos e pontapés em meio a uma poça de lama.

Abdo gritava. Latife também. Mas já não adiantaram seus apelos, pois Salim de repente sacou o revólver, conseguiu desvencilhar-se de Racife, que o segurava pela camisa, levantou-se, afastou-se e começou a atirar em direção ao amigo. Contava-se que, das seis balas disparadas, três acertaram o peito de Racife, que teria ficado alguns segundos em pé olhando para Salim, sem querer acreditar no que estava acontecendo, até finalmente começar a cair, amparado por sua tia, que se agarrou a ele aos gritos de desespero, ouvidos nos quatro cantos de Santa Marta, onde até então nunca havia passado coisa semelhante. Racife, fazendo um esforço imenso, tentou falar mas não conseguiu, e ficou abrindo e fechando a boca, da qual saíam golfadas de sangue que escorriam pelo seu corpo e se misturavam às roupas de Latife. Fora outras tantas que jorravam do peito e caíam na poça de lama.

Em seguida, como também se dizia, Racife foi se acalmando até acabar de morrer nos braços da tia. Falou-se ainda que, enquanto o rapaz agonizava, amparado por ela, Abdo foi atrás de Salim, que saíra dali correndo e, intercalando frases em árabe e português, teria dito a ele, quando o alcançou, uns 100 metros adiante: volta e mata Latife, filha, mata ela, deixa escapar não, deixa ficar viva não. Mas Salim, talvez aturdido com o que havia acabado de fazer, não deu ouvidos ao seu pai e continuou correndo, para depois desaparecer em um matagal, onde teria ficado o resto do dia escondido dentro de uma moita de bambu. Só à noite foi que ele, com a ajuda de algumas pessoas contratadas pelo seu pai, conseguiu fugir montado em um cavalo baio e seguiu para a fazenda dos amigos turcos da família, lá no Baguari, onde teria ficado meses sem sair de casa até as coisas se ajeitarem em Peçanha, que era a sede da Comarca. Mais tarde, quando outros fatos vieram a acontecer, também com trágicas consequências, a sede da Comarca já havia sido mudada para São João Evangelista.

17

Assentada no meio da lama com o sobrinho no colo, as roupas sujas de sangue, e após haver se descabelado, Latife ainda ficou ali até que o juiz de paz — pois em Santa Marta não havia polícia — veio e fez a ocorrência com os poucos recursos que possuía. Dizem que contou os furos no corpo de Racife, anotou tudo em um caderno ensebado, perguntou algumas coisas à Latife, a uns outros que estavam por perto, e foi embora sem dar maior atenção ao caso. Afinal de contas, nem brasileiros são, alguém chegou a falar. Nada do que fez teria valido quando o caso foi ao júri, e Salim saiu livre, por ter agido em legítima defesa depois de ter sido agredido, conforme quatro testemunhas afirmaram, após entendimento com Abdo — que foi pródigo nas recompensas, com dinheira viva como anos mais tarde, quando o caso já estava mais ou menos esquecido, se gabava em dizer. Ele, para surpresa de alguns, teria se revelado mestre na arte de resolver tais situações, inclusive instruindo o advogado, um moço recém-formado em São Paulo, sobre o que ele deveria fazer para isentar o seu filho da cadeia.

Ninguém da sua família compareceu ao velório, que foi realizado na casa de Suzana, a funcionária do Correio, e muito menos assistiu à missa de corpo presente, pois naquele dia, por sorte, havia um padre em Santa Marta. Dessa vez, era um holandês que estava de passagem depois de ter ficado alguns meses em Minas Novas, onde tinha contraído uma malária que quase o matou, conforme deixou escrito em um diário esquecido na igreja quando foi embora. Também nenhum dos Mansur foi ao enterro, nem Abdo, ao contrário de todos os comerciantes, como era costume antigo, fechou as portas do armazém na hora em que passavam com o corpo, em meio a uma chuvinha fina e a uma forte ventania que fazia com que os homens segurassem os chapéus para que não saíssem voando, e as mulheres se agarrassem aos véus, que insistiam em não ficar em suas cabeças. Contam que os cachorros naquele dia não pararam de latir, nem os galos de cantar, no quintal dos Mansur.

Vestida de preto, e com seu inseparável lenço na cabeça, Latife seguia na frente de braços dados com Suzana, que levava uma coroa de flores colhidas por ela mesma, enquanto alguns homens se revezavam para carregar o caixão, cumprindo um trajeto de pouco mais de 500 metros que separavam a igreja do cemitério, como ainda se dá até hoje. Meu pai disse também que Latife, depois de tudo terminado e após agradecer um convite de Suzana para ficar morando com ela, poucas horas depois do enterro voltou para a casa dos Mansur, entrou no quarto, trancou a porta e assim permaneceu até a manhã do dia seguinte, quando foi vista com aquele mesmo vestido preto, que nunca mais tirou, indo até ao armazém buscar coisas para o almoço, como fazia todos os dias, para o espanto geral no lugar. Era como se nada tivesse acontecido, e a vida, como devia ser, seguisse seu ritmo normal.

18

Essa turca é louca. Nem parece que seu sobrinho morreu matado, teria dito alguém, quando a viu passar na rua. Recebeu os pacotes com os mantimentos das mãos de Abdo, não trocaram palavra, e na volta, enquanto andava, ia agradecendo com um balançar de cabeça a um e outro que lhe davam os pêsames. À tarde foi à Igreja, onde ficou todo o tempo ajoelhada com um terço na mão, o olhar distante, e não participou das orações, como sempre fazia, respondendo ao coro dos padre-nossos e ave-marias junto às outras mulheres, solidárias com a sua dor.

Terminada a celebração, muita gente veio conversar, e em seguida, antes de ir embora, ela e Suzana ficaram um bom tempo se falando — só que daquela vez afastadas, longe das outras mulheres. Mas logo tiveram de se despedir, pois começou a trovejar e a relampear muito, para em seguida cair uma tempestade que, de tão forte, naquela noite levou os telhados de quase todas as casas de Santa Marta, além de ter enchido o Rio Matinada, cujas águas passaram por cima da ponte de madeira, da qual não sobrou nada, como todos, perplexos, puderam ver de manhã. Não faltou quem falasse em castigo pelo que Salim tinha feito a Racife. Por causa disso, daquela vez Latife teve de dar uma volta grande com o pote na cabeça, como fazia todos os dias quando ia à mina buscar água para os Mansur, com os quais continuou vivendo, como se conformada com tudo. Aquela turca, como voltou a se falar, só podia mesmo ser doida.

Mas o que ninguém sabia era que, às escondidas, contando com a ajuda de Suzana, que controlava todas as coisas no correio — e isso também só veio à tona quase 20 anos depois, quando tudo voltou a acontecer —, ela ia mandando cartas para a sua aldeia no Líbano, onde morava o restante da sua família e a de Salim, narrando com detalhes o que havia acontecido em Santa Marta. Falava da covardia do crime, das três balas no peito de Racife, de ele agonizando no seu colo, que ficou coalhado de sangue. De ele se espalhando pela terra, no meio da lama, sem que nada ela pudesse fazer a não ser estar ao seu lado na morte. De Abdo, que não havia deixado velar o corpo na casa dele, nem ido ao enterro, nem fechado o armazém, no maior desrespeito ao finado. Do dinheiro roubado na partilha das pedras. Falava também de Samia, que nunca mais havia trocado uma palavra com ela, odiando-a cada vez mais, e principalmente de Salim, o assassino, que não tinha ficado um dia na cadeia e continuava a viver tranquilo, enquanto ela, cada vez mais pobre e humilhada, não passava de uma serva na casa dos Mansur. De tanto sofrimento, meus cabelos ficaram brancos, meus dentes caíram, fiquei encurvada, escreveu em uma carta, conforme Suzana revelou anos depois, às vésperas de sua morte, se recordando da amiga.

Tudo isso, meu filho, e muito mais, durante quase 20 anos no maior segredo, Latife foi contando aos seus parentes no Líbano, dizia o meu pai, enquanto eles, juntando dinheiro para a viagem, iam preparando Racilan, irmão de Racife, para ir a Santa Marta cobrar o que lhes era devido, como costume antigo da terra. Latife, com a maior paciência, mas na certeza de que, mais dia, menos dia, iria acontecer alguma coisa,

continuava a cozinhar, buscar água na mina, sofrer humilha-
ções e fazer todas as vontades da família do assassino do seu
sobrinho, inclusive para o próprio, que ainda por uns cinco
anos, até se casar, viveu naquele mesmo quarto que dividia
com Racife.

19

Muita coisa aconteceu durante esse tempo, também falava o meu pai: Abdo, que era um homem alto e forte, sofreu um derrame que o deixou paralisado de um lado e com dificuldades para falar. Passou a andar de cadeira de rodas, vinda de Belo Horizonte e trazida por Naim Ayub, que continuava a comprar as pedras de Salim. Das que pertenciam a Racife e que deveriam ter sido entregues para Latife após a sua morte, nunca mais se falou. Samia, no lugar do marido, assumiu a direção do armazém, onde ele ficava o dia inteiro tentando se comunicar com um e outro que passava, enquanto Fátima, que sempre fora uma menina discreta, da qual pouco se falava, casou-se com um homem chamado Faride Raydan, turco também, e foi morar próximo a Santa Maria do Suaçuí, num lugar chamado Folha Larga. Dizem que Faride era tão forte que, sem ajuda de ninguém, conseguia ferrar um cavalo: pegava a pata com uma mão, a apoiava no joelho e, com a outra, pregava os cravos na ferradura, como se estivesse brincando.

Quanto a Salim, continuou sua vida. Com o dinheiro das pedras, que não foi pouco, comprou uma fazenda grande e cheia de gado para em seguida se casar com uma moça lá mesmo de Santa Marta, chamada Maria do Carmo. Era prima do meu avô, que veio a ser o dono do rancho de tropas, em cujo portão, fumando calmamente um cigarro, por um desses acasos do destino, se encontrava Salim em um sábado pela manhã, dia de céu nublado, quando — segundo contaram ao meu pai, que passou para mim — foram chegando dois cavaleiros que por ali ninguém conhecia. Traziam outro cavalo arreado, como se buscassem alguém.

A princípio, Salim também não os reconheceu, mas logo depois, após olhar para um deles, começou a recuar para dentro do rancho, com um daqueles homens o seguindo, sem dizer palavra, já com um revólver na mão. Alguns segundos depois, quando não tinha mais para onde ir e estava acuado na parede, Salim teria levado as mãos ao peito e falado, anunciando seu fim: Racilan, irmão de Racife, eu estar morta, misericórdia, enquanto o outro, apenas olhando-o nos olhos, dava seis tiros no seu peito. Bem como, 20 anos atrás, ele havia feito com Racife. Só que daquela vez todas as balas o acertaram. Duas, em cima do coração. Dizem que em seguida Racilan e o homem que o acompanhava sem nem descer do cavalo foram saindo devagar, puxando o outro animal.

Passaram em seguida no armazém de Abdo, que sabiam exatamente onde ficava. Amarraram ele e Samia nos fundos, depois de obrigarem-na, aos prantos, a abrir o cofre, do qual tiraram todo o dinheiro e as pedras preciosas, fora as antigas joias de família. Parecia até, como se disse, que tinham um mapa de Santa Marta na cabeça. Cuspiram na cara de Abdo, urinaram no seu corpo, disseram que não matavam aleijados, tornaram a montar os cavalos e, alguns minutos depois, perto da ponte do Rio São Joaquim, se encontraram com Latife, que já os esperava com uma maleta na mão. Deixaram Santa Marta para sempre. Não sem antes, com as lágrimas escorrendo, ela se despedir de Suzana, que estava ao seu lado, como sempre estivera, desde a sua chegada. Nunca mais se soube deles por ali.

Na manhã seguinte, também por esses caprichos, Salim foi enterrado em uma cova pequena, bem ao lado da de Racife, e lá continuam até hoje, embora na cidade quase ninguém saiba disto. E se não fosse pelo meu pai, também eu jamais teria ficado sabendo. Foi essa história que, na poltrona 27, vim recordando entre um cochilo e outro, até que o ônibus, sem que eu percebesse, parou na Rodoviária de Belo Horizonte, onde peguei um táxi após passar em uma lanchonete e tomar um café. Estava frio.

20

O motorista que me levou, um rapaz boa prosa com o rosto cheio de espinhas, depois de perguntar para onde eu ia puxou mais conversa: falou do jogo entre o Atlético e o Cruzeiro, que iria acontecer no outro dia, à tarde, no Mineirão. Em seguida, quando estávamos no início da Afonso Pena, ele contou que estudava Direito na PUC e que sonhava em ser desembargador, como um amigo do seu pai, vizinho deles de rua em Santa Teresa. Por isso estou ralando, e nem viajei nesse feriado com a namorada, que também mora no bairro, ele disse, enquanto o carro, depois de virar à direita na Afonso Pena, pegava a Rua da Bahia, onde estava tendo uma batida policial com duas viaturas fechando o cruzamento com a Avenida Augusto de Lima.

O soldado que nos parou, protegido por um outro com uma metralhadora na mão, pediu os documentos do carro ao rapaz, enquanto inspecionava o seu interior com uma lanterna, que acendeu no meu rosto. Quis ver minha identidade. Perguntou de onde eu vinha, em seguida, depois de se dar por satisfeito, nos dispensou para começar a revistar um motoqueiro. Nem nos mandou abrir o porta-malas. Quando chegamos, o moço já estava ali, com as pernas abertas e as mãos para cima, encostadas na parede de uma lanchonete, sob a vigilância de outro soldado, que parecia nervoso e não tirava os olhos dele, nem a mão de cima do revólver. Em uma das viaturas, um outro PM falava pelo rádio. Ouvi qualquer coisa como: tiramos a ficha dele, é elemento perigoso. E pedia instruções sobre o que fazer.

É por isso que gosto de andar com tudo em cima, disse o taxista, depois que fomos liberados. Ele contou ainda que, dias antes, havia passado o maior aperto depois de ter parado o carro para quatro homens na saída de um bar nas proximidades da Praça Raul Soares, onde estava rolando um pagode. Todos usavam bonés virados, vestiam calças jeans rasgadas e camisetas; dois tinham óculos escuros e não paravam de fungar. Leva nós na Pedreira, sangue-bão, disse um deles, que parecia ser o chefe pela maneira como os outros o tratavam. Também se assentou na frente, ao seu lado, e foi logo dando ordens sem nem olhar para ele.

Esfriei todo com aquele cara ali, mas não deixei transparecer para não verem que eu estava cagando de medo, contou o rapaz, que novamente diminuiu a marcha e me olhou pelo retrovisor. Sem alternativa, teve de fazer o que os "malucos" mandaram, além de ficar esperando em um beco da favela cheio de lama e sem saída por mais de meia hora, até que dois deles, os de óculos, fossem a um barracão que ficava a uns 100 metros adiante e de lá voltassem com três pacotes. Durante o tempo que durou aquele pesadelo, os colegas deles, com revólveres nas mãos e fumando um baseado, ficaram no banco de trás do carro.

Juro que pensei que fossem me matar, e até hoje me pergunto por que foi que parei quando deram o sinal, se sabia que aqueles caras não eram boas biscas, e estavam em um lugar como aquele, onde só dá maloqueiro. Foi o maior vacilo da minha vida, disse o moço, que, de lá da Pedreira, ainda teve de levá-los a um bar na entrada de uma outra favela, a do Cafezal, onde o liberaram sem tomar nada.

Tudo isso no curto trajeto entre a rodoviária e o Santo Agostinho, aquele rapaz com cara de menino me contou. Paguei a corrida e desejei a ele boa sorte no curso. Quando entrei em casa depois de pegar o jornal com o porteiro, minha mulher estava tomando banho. Em seguida iria para o Hospital, onde teria de dar plantão até a manhã seguinte.

Graças a Deus que você chegou, eu estava preocupada, ela disse. Perguntou se a viagem tinha sido boa, como iam as coisas em Santa Marta e se a brachiaria estava nascendo. E o pessoal lá, como vai? Quando contei que o Tiago estava querendo se casar, ela não acreditou. Ele é uma criança, nem barba tem. Mais espantada ainda ficou quando lhe contei que a escolhida tinha 16 anos.

21

Assim que ela saiu, depois de olhar os passarinhos fui dormir, pois na manhã seguinte, quando terminasse o trabalho, teria de ir à casa da minha mãe, que sempre ficava me esperando quando eu voltava de Santa Marta. Ao nos encontrarmos, ela, já com mais de 70 anos, se assentou na cadeira de balanço, e eu a seu lado, no sofá da velha casa da Floresta. A única da família desde a mudança para Belo Horizonte. Disse-lhe então que na nossa terra tudo estava bem. Que suas roseiras continuavam bonitas, todas floridas, e o mesmo acontecia com os pés de figo. Esse ano, a senhora vai poder fazer doces à vontade, os galhos estão carregados. Só o quintal é que está sujo. Contei também sobre o Tiago, que havia pedido para fazer uma puxada na casa do seu pai, onde pretendia viver com a mulher. O que a senhora acha?, perguntei a ela, que após pensar um pouco falou que aquilo não daria certo, pois nora e sogra iriam acabar brigando. O que você deve é fazer uma casa para eles. Escolha um bom lugar, compre o material e faça. Do eucalipto que plantou, já dá para aproveitar algumas peças, ela disse, e em seguida, depois de olhar as horas, me convidou para tomar café. E lá na cozinha, olhando para a minha mãe, comecei a me lembrar da manhã em que ela, meu pai, minhas irmãs e eu ficamos na varanda da nossa casa esperando o caminhão do tio Almerindo que me levaria para

Belo Horizonte, já que haviam desistido de me mandar para o colégio interno em Conceição do Mato Dentro ou então em Diamantina. Você vai é para o Arnaldo. O meu pai poucos dias antes havia me falado, sem disfarçar o orgulho. Além da minha mala, minha mãe havia preparado uma sacola com biscoitos, pois com as chuvas a viagem poderia demorar muito, como acabou acontecendo: gastamos três dias para chegar a Belo Horizonte, com o caminhão acorrentado, carros de bois puxando nos atoleiros, pousada na casa de desconhecidos, cidades pelas quais nunca tinha passado. Uma aventura.

Assim que o tio Almerindo chegou à nossa casa com o caminhão lotado de queijos e galinhas, olhei para a minha mãe, meu pai, minhas irmãs, todos ali no alpendre, para se despedir de mim. Lembro-me de que os abracei, choramos, e, quando entrei no carro — onde me assentei entre o meu tio e o ajudante, um rapaz chamado Zelão —, olhei mais uma vez para o alpendre, onde eles continuavam, e pensei: nunca mais vou morar com minha família. Dependurada em um prego, ainda com um alçapão armado próximo a ela, estava uma gaiola dentro de qual um canário-da-terra cantava sem parar. Até parecia que, como eles, aquele passarinho também estava se despedindo de mim.

Mais um café, meu filho?, minha mãe perguntou e, como se tivesse acordado de um sonho, agradeci; ainda falamos algumas coisas, chamei um táxi e fui embora. Um mês depois, dessa vez não na poltrona 27, que já estava ocupada, mas na 31, fui de novo rumo a Santa Marta. Nessa viagem, que durou quatro horas a mais, porque o ônibus quebrou perto de Ferros, aconteceu o seguinte.

22

A lua era nova, a noite estava escura e o ônibus, outra vez, não seria dirigido pelo Ailton, o filho do Jonas, lá de Santa Marta, mas por um rapaz chamado José Carlos, com o qual não me lembrava de haver viajado antes. Talvez fosse novato na linha, como muitos que, nos últimos meses, haviam sido contratados. Do trocador, não gravei o nome. Mas acho que era Papa. Como o carro não estava cheio, cada passageiro escolheu onde queria ficar, e a maioria preferiu uma janela. Todos íamos calados, e o ônibus, quando pegamos a BR-381, começou a rodar sem pressa.

Em uma poltrona ao lado da minha, no lado contrário, uma mulher com uma criança no colo tinha o olhar parado, como se fixasse no nada. Nas imediações de Ferros, perto da ponte do Rio Santo Antonio, umas quatro horas depois de iniciada a viagem o carro começou a engasgar para parar logo adiante, na subida de um morro, onde o rio faz a curva para em seguida desaparecer entre as montanhas. Acabou o óleo, temos de esperar socorro, disse o motorista sem dar mais explicações, depois de parar o carro no acostamento, bem ao lado de um barranco.

Lá fora, a noite estava ainda mais escura, e um vento frio entrava pelas frestas das janelas, que permaneciam quase todas fechadas. Ainda bem, porque um homem havia vomitado, e os respingos vieram direto na minha janela, que por sorte tinha permanecido fechada. A lua havia sumido de vez, e não consegui enxergar nenhuma estrela no céu. De início, já que o ônibus havia quebrado, se esboçaram reações, frases soltas: isso é um abuso, falta de respeito, descuido do motorista, para logo depois voltar o silêncio, sem ninguém fazer nenhum outro tipo de reclamação.

As luzes estavam acesas. A mulher com a criança no colo, como se nada estivesse acontecendo, continuava alheia e triste. O filhinho permanecia dormindo com um ursinho vermelho preso entre as mãos. Mas o tempo foi passando, e nada de a ajuda chegar, pois de onde estávamos até Guanhães, onde ficava a garagem da Saritur, era bem longe: uns 100 quilômetros ou mais. Foi então, de forma espontânea, que começaram as conversas, pois alguns de nós, para espairecer, havíamos nos levantado; outros ficaram de pé, ou assentados nos braços das poltronas.

De onde você é?, quis saber de mim um homem moreno, perguntando também o que eu fazia, quando lhe disse que vivia em Belo Horizonte. Respondi a ele nos mesmos termos, devolvendo a pergunta. Eu...?, sou de São José do Jacuri, mas morei no Iraque um tempão, onde fui mecânico da Mendes Júnior. Sou especialista em caminhões e tratores pesados. Mas, antes, já havia trabalhado na Serra Pelada atrás de ouro, contou orgulhoso, para me mostrar em seguida o passaporte, no qual estavam carimbados vistos de entrada e saída de Bagdá e um de Paris, onde tinha passado férias, além da carteira de garimpeiro e uma foto dele com uma bateia nas mãos, todo sujo de lama, ao lado do major Curió, que estava de óculos escuros e sorria.

Nisso um rapaz com camisa do Cruzeiro virou-se para mim e quis saber se no jornal onde trabalhava eu escrevia sobre futebol. Não, respondi, para a sua decepção, mas aí já entrava na conversa uma senhora baixa, com os cabelos compridos, que oferecia a todos um pacote de biscoitos aberto. Algum de vocês conhece Carbonita...?, ela quis saber. Mas, antes que alguém respondesse, seu interesse se voltou para a mulher com a criancinha, que continuava dormindo no seu colo. O ursinho vermelho já havia se soltado das suas mãos, e a mãe o segurava. Que lindezinha, criaturinha mais fofa, meu Deus..., ela disse, apontando para o bebê, cujo nome quis saber. É menina-moça, e chama Angélica..., respondeu a mãe, enquanto, mais sem graça ainda, aceitava um biscoito, que começou a comer apressada. Pois eu vim é de Malacacheta e sou novo nessa linha, já dizia o trocador, que veio se aproximando aos poucos com a desculpa de olhar outra vez as passagens. Só o motorista é que permanecia sozinho, com a portinhola do carro fechada e isolado dos passageiros. Estava com o rádio ligado.

Meus respeitos, meus respeitos, falou para o trocador, provocando risos gerais, o homem que havia voltado do Iraque. Que isso, moço, Malacacheta hoje é um lugar de paz, aquela brigaiada acabou... Nisso um homem, já velho, foi chegando devagar, coçou a barba e disse, depois de nos oferecer rapé: eu não me importo com isso de ônibus quebrar, pois quando era novo nem estrada de rodagem tinha para Belo Horizonte... E passou a nos contar como ele, quando adolescente, acompanhava o pai com a tropa de burros, que demorava 15 dias para ir de Peçanha até Santa Bárbara, onde vendiam os produtos. Teve uma vez que tivemos de ficar arranchados aqui na beira do Santo Antônio, comendo só farinha com rapadura e carne-seca por mais de uma semana, até o rio dar vau e a gente poder passar, assim mesmo com os animais nadando, e nós atrás na canoa, disse, dando mais uma cheirada no rapé e estalando a língua. Um passageiro que havia aceitado não parava de espirrar, e dizia: que pó forte, Deus me livre, oxente...

Pois lá no Iraque eu também vi muita tropa, só que de camelos. Bandos daqueles bichos atravessando o deserto, que perde de vista. É um areião danado que não acaba nunca, como se fosse o fim do mundo, contou o homem de Jacuri, no que o trocador quis saber se os camelos ficavam mesmo 14 dias sem tomar água. Ouvi dizer, ouvi dizer, respondeu o viajante, sem muita convicção. Mas aproveitou para nos mostrar uma outra foto dele, com roupa de beduíno e óculos escuros, montado em um desses animais com uma corcova imensa e todo enfeitado.

A mulher de Carbonita, que havia nos oferecido biscoito, e a outra conversavam como velhas conhecidas. O bebê, de novo com o ursinho nas mãos, sugava com força a mamadeira, que a mãe sustentava na sua boca. E o tempo foi passando: umas duas, quase três horas já estávamos ali, numa conversa das mais animadas, quando finalmente chegou o socorro, que veio com dois homens em uma caminhonete. Óleo reposto, carro de novo na estrada, outra vez cada um na sua poltrona, fechei os olhos e comecei a cochilar, até que, lá pelas 7h30 da manhã, o trocador anunciou que estávamos chegando a Santa Marta.

Tiago outra vez já me esperava com o gado preso no curral, porque havíamos combinado de castrar os novilhos maiores, que estavam brigando e quebrando todas as cercas. Um inferno, uma trepação danada de um no outro, como ele havia me falado por telefone. Aristeu Barroso, daquela vez, é que seria o castrador. Depois de cumprimentar o vaqueiro, perguntei a ele se sabia quem havia morrido, pois o sino estava tocando sem parar. Seu Onofre, lá da Várzea; Miranda Silva,

98

que trouxeram ontem de Belo Horizonte em uma ambulância; e o Daniel, filho do João Durães. Só no dia de hoje, três pessoas vão ser enterradas aqui na nossa Santa Marta. O povo tá morrendo sem dó, ele respondeu, riscando o chão com a ponta de uma faca.

23

Lavei o rosto, tomei um café, dormi um pouco e em seguida, antes de começarmos a castração dos novilhos, fui ao velório daqueles três homens. A cidade parou naquele dia com o acontecimento inusitado, como há muito não acontecia. Coisa igual só me lembro de ter visto em Santa Marta quando aconteceu a tragédia do Bonfim, que até hoje é cantada em prosa e verso. Na época, quatro rapazes, cujos nomes não sei, morreram no mesmo dia, crivados de bala, por causa de uma história antiga que havia começado bem antes, envolvendo a irmã de um deles, como se conta.

Visitei primeiro o Daniel, que dos três foi com quem menos convivi, pois havia morado muitos anos em Mato Grosso, onde, como me disseram, tinha sido gerente de uma fazenda. Só há pouco tempo é que havia voltado para Santa Marta. Novo ainda, não devia ter 30 anos, teve um fim trágico, pois tinha morrido queimado na noite anterior, quando foi ajudar a apagar um fogo que, vindo de uma fazenda vizinha, havia chegado até à de um primo seu, onde trabalhava. Não se sabe por que — pois era experiente nesse tipo de serviço — se deixou envolver pelas chamas, que o cercaram sem que percebesse. Além do mais, estava muito escuro, o terreno era acidentado, e talvez ele não o conhecesse direito, ou até mesmo tenha se descuidado por excesso de confiança. Na luta desesperada para sobreviver, mas já começando a ficar intoxicado pela fumaça, Daniel acabou caindo no meio de um cipoal denso, de onde não conseguiu sair apesar dos esforços e gritos dos seus companheiros, que pouco puderam fazer para salvá-lo naquele inferno de labaredas e brasas. As chamas, segundo contaram no velório, chegaram a atingir mais de 10 metros de altura. Foi um fogo terrível, alguém que estava lá disse.

Já Miranda Silva, que eu havia visitado dias antes no Hospital da Santa Casa, em Belo Horizonte, a vida inteira tinha sido sócio em um armazém com seu irmão, Antunes Silva, que morrera havia alguns anos. Seus pais se chamavam seu Eustáquio e dona Marta, dos quais tínhamos sido vizinhos. Quando criança — e todas as vezes em que nos encontrávamos, dona Marta se lembrava disso —, eu passava debaixo de uma cerca que separava os nossos quintais e ia até à sua casa, onde ela enchia os meus bolsos de biscoitos, ou às vezes de balas e pastéis, que sua filha, Gabriela, fazia para vender no armazém dos irmãos. Muitos anos depois, quando um dia fui visitá-la, outra filha, Tereza Maria, me preveniu que a mãe já havia alguns meses só estava convivendo com os mortos, com os quais ficava o dia inteiro conversando, como se estivessem a seu lado.

Logo após a minha chegada, depois de dizer quem eu era e ser reconhecido por ela, que se levantou da sua cadeira para me dar um abraço, dona Marta foi me contando com aquele mesmo sorriso, do qual nunca me esqueci: sua avó Almerinda acabou de sair daqui agora. Todos os dias, nesse horário, ela vem me ver. Às vezes, o seu avô Joãozinho também passa aqui, depois de fechar a venda. Em seguida, foi o marido, seu Eustáquio, quem chegou e tive de me levantar para cumprimentá-lo, dar um abraço apertado, pois ela me disse, em tom de censura: você não está vendo o Eustáquio, Carlinhos?

Olhe ele aí, bem na sua frente... No decorrer da conversa, que durou uma meia hora entre um cafezinho e outro, ainda passaram por aquela sala de sonhos e lembranças vários outros mortos: meu pai, que sempre aparecia para um dedo de prosa, também o professor Antônio Ernesto, avô da minha mãe. Ele, falecido há mais de 60 anos, fora um parente dela, primo-irmão, cujo nome não chegou a falar, mas era outro visitante assíduo. Gabriela e Tereza Maria, que até o fim ficaram ao lado da mãe, olhavam para mim e sorriam, de tão acostumadas que já estavam com aquela situação.

No dia em que fui visitar Miranda Silva, por uns instantes fiquei sozinho com ele no quarto: uma das suas filhas foi atender a uma ligação, pois o telefone ficava no corredor do hospital. Assim que ela saiu, Miranda me chamou para perto dele, segurou minha mão, a apertou com força e disse, sem conseguir esconder a emoção e os olhos cheios d'água: não volto vivo para a nossa Santa Marta. Que isso amigo?, volta sim, daqui a uns dias vou lá na sua venda tomar uma cerveja, respondi. Ele apertou de novo minha mão, seus olhos tornaram a marejar, e falou, mais comovido ainda: volto não, a gente sabe quando é que vai morrer, e o meu fim está chegando.

24

Daqueles três homens dos quais fui me despedir naquele dia, o mais velho era o seu Onofre. Muito alto, de uma educação antiga, ele morava no Bairro da Várzea. Meses antes, depois de termos castrado outros novilhos, resolvemos seguir a velha tradição de fazer uma farofa dos bagos para comer à noite, acompanhada de uma cerveja bem gelada. Perguntei então ao tio Emílio quem, ali em Santa Marta, sabia prepará-la melhor, ao que ele respondeu sem vacilar: Seu Onofre. Há muito tempo eu não o via. Fomos então à sua casa, onde ele não só nos recebeu na maior hospitalidade, como também se dispôs a atender ao nosso pedido, além de ter se lembrado do meu pai, com quem inúmeras vezes disse que se consultou.

A Daniel, Miranda Silva e seu Onofre prestei minhas homenagens naquela manhã de luto em Santa Marta, antes de voltar para casa, trocar de roupas e ir para o curral, onde Tiago e Aristeu Barroso já estavam me esperando com tudo preparado para uma nova castração de novilhos. Tão abalado fiquei com aquelas mortes, que resolvi voltar para Belo Horizonte mais cedo, depois que terminamos o serviço. Nem a brachiaria tive ânimo para ir ver. Nem ela e nem os novos eucaliptos, que também havia plantado depois de comprar as mudas de um homem chamado Oswaldão. Alguns pés já estavam com 2, 3 metros de altura, e a previsão era a de se fazer o primeiro corte em sete anos, se o tempo corresse bem. Muito alto, e de bem com a vida, Oswaldão tinha sido vereador em Santa Marta, onde se contavam muitas histórias sobre ele. Mas, antes de viajar, comuniquei ao Tiago que eu iria fazer a casa. Tudo bem, então marco o casamento para daqui a seis meses, e você vai ser meu padrinho, ele respondeu, e contou que o avô da noiva, com quem ela morava, estava impaciente e o pressionava a resolver logo a situação, já que o namoro, de acordo com ele, estava demorando muito. Quase um ano, segundo suas contas. Achei que a proposta do Tiago estava razoável, e ficamos combinados. Mesmo que a casa não ficasse toda pronta, se desse para ele entrar no prazo combinado, já estaria bom. As outras coisas: a brachiaria, o eucalipto, nós vemos no mês que vem, quando eu voltar. Mas vá logo apressando o material para começar a construção. Pergunte ao seu pai se ele topa ser o pedreiro, ainda disse a ele, que, horas depois, me acompanhou até ao posto rodoviário, onde tomei uma cerveja enquanto esperava o ônibus chegar. Tiago ajudava-me a levar umas caixas de isopor. Dentro delas, já temperados, estavam seis frangos caipiras, que eu havia comprado de uma mulher, vizinha nossa, a Selma. Ela mesma os criava no quintal da sua casa e, com o dinheiro obtido, conseguia pagar metade da faculdade para uma filha que estudava no Rio e enviava dinheiro para outra, em Belo Horizonte.

25

De novo na poltrona 27, ouvi a seguinte história quando um pai e um filho, que devia ter uns 6 anos, após tomarem o ônibus em São José do Jacuri, onde ocuparam as cadeiras logo atrás da minha, começaram a conversar. Pelo que pensei — e depois vi que estava certo —, aquela devia ser a primeira viagem do menino, que se mostrava encantado com tantas novidades à sua frente. Era um mundo novo que, a partir daquele momento, começava a se abrir para ele.

Nem em Jacuri eles moravam, mas bem adiante, num lugar chamado Tabuleiro, de onde aquela criança provavelmente nunca tinha saído. Daí tanta curiosidade, que o pai, com muito carinho e paciência, ia tratando de satisfazer. Estavam indo para Belo Horizonte com a intenção de visitar uma tia, que por coincidência — como havia acontecido com Miranda Silva — também estava internada no Hospital da Santa Casa. Era portadora do mal de Chagas, como depois ouvi o pai do menino comentando com outro passageiro. Ele, por sua vez, usava óculos escuros e um chapéu-panamá rasgado na aba, e havia tomado o ônibus na rodovia perto de um posto de gasolina, onde entraram outras pessoas. Entre elas, o Luis, que há muitos anos, quando eu era criança, tinha sido vaqueiro nosso antes de se mudar para a fazenda de Onofre Gomes, onde havia matado um homem. Mas desceu logo adiante e nem deu tempo de cumprimentá-lo. Também acho que, pelo passar do tempo, não iria me reconhecer mais. Ambos havíamos envelhecido.

De roupinha nova, como pedem ocasiões assim, cabelinho bem-penteado e assentado perto da janela — para não perder nenhum lance da viagem — ainda em Jacuri enquanto os passageiros entravam no carro, o menino foi logo dizendo com a cara de maior espanto: olhe, pai, vê se pode!, tem um moço vendendo água...! É água mineral, meu filho, depois vou comprar para você, ele respondeu, para em seguida lhe pedir que se assentasse, já que o ônibus iria sair.

Cuidadoso, colocou o cinto de segurança no filho e nele também, e aproveitei para fazer o mesmo. Alguns minutos depois, quando já havíamos ganhado a estrada após o ônibus parar umas duas ou três vezes para outras pessoas entrarem, o menino, que não tirava os olhos da paisagem, disse com os dedos apontados para fora e uma carinha de espanto: pai, pai, olhe que rio mais grandão...! É o Suaçuí, meu filho, o Suaçuí Grande, e nós vamos passar por ele outra vez lá em São Pedro, onde é ainda mais largo e empedrado, você vai ver. Em São Pedro, pai? Sim, meu filho, em São Pedro do Suaçuí, que, como Jacuri, também é uma cidade do estado de Minas Gerais. E o que é um estado, pai? Um estado, meu filho, é um lugar onde ficam todas as cidades. Então nós moramos em um estado, pai?, ainda quis saber o menino, não se aguentando de tanta curiosidade. Moramos, filho, nós somos mineiros, ele respondeu, enquanto enrolava um cigarro de palha que certamente iria fumar em Guanhães durante os 15 minutos da parada.

E o ônibus foi rodando, rodando. E entraram e desceram pessoas. Uma mulher passou mal e vomitou pela janela, quase atingindo uma moça que estava com o rosto para fora. Começou uma chuvinha fina; dois soldados pediram carona, e o menino, com a mesma vivacidade, prosseguia com suas indagações após olhar para eles com desconfiança e falar alguma coisa com seu pai ao pé do ouvido. Os soldados sorriram para ele, que continuou com a carinha fechada, sem dar nenhuma demonstração de apreço. Perto das Araras, o motorista parou o ônibus de repente, assustando todo mundo. Muitos chegaram até a pensar que houvesse acontecido algum acidente. Em seguida, ele e o trocador, sem darem explicações, desceram apressados, para minutos depois voltarem, todos orgulhosos, segurando pelo rabo um tatu-canastra que estava tentando subir em um barranco no lado esquerdo da estrada. De tão gordo, não havia conseguido. Perguntaram se alguém tinha um saco. Uma mulher disse que sim; jogaram-no lá dentro e prosseguimos a viagem, com o bicho se contorcendo. Aquele, com toda a certeza, iria para a panela.

Pelas 4 horas da tarde, quando avistamos Guanhães, depois de passarmos pelo campo de aviação, em cuja pista umas vacas estavam deitadas, o menino voltou-se de repente para o pai, que cochilava: olhe, pai, olhe ali que tamanhão de lugar, deve dar uns dez Tabuleiro... É verdade, meu filho, deve dar uns dez, ou mais..., ele respondeu, e tirou o cigarro do bolso da camisa. Na rodoviária, como havia prometido, comprou para o menino uma garrafa de água mineral, que ele nunca havia tomado, para em seguida começar a fumar, depois de ter pedido fogo emprestado a um homem negro que folheava uma revista sobre futebol. Na capa, uma foto do time do Atlético, campeão da série B em 2006.

Gostou da água, meu filho?, perguntou o pai, enquanto lhe dava uns biscoitos tirados de dentro de uma sacola de couro, da qual não havia se desgrudado desde o início da viagem. A lá de casa é melhor, nem compara..., o menino respondeu, sem dar muito papo, pois estava encantado com as pilastras da rodoviária, e ainda com outros ônibus que não paravam de chegar. Com eles e com os táxis, enfileirados, à espera de passageiros. Entre eles, o do Zé Antonio, meu antigo conhecido, que o havia comprado com o dinheiro trazido dos Estados Unidos.

Alguns minutos depois, de novo na estrada, aquele menino ainda fez muitas e muitas perguntas ao seu pai, que a todas respondeu, sempre com o mesmo carinho. Já eram quase 8 horas da noite, quando, após fazermos a outra parada, na lanchonete Lambari, em Santa Maria de Itabira, onde nem o menino e o pai desceram, assim que começamos a avistar as primeiras luzes de Itabira, ele não se conteve. Encheu os pulmões e disparou aos gritos, para o deleite de todos que escutávamos aquele diálogo: pai, pai, ali é que é o Rio de Janeiro...? Pouco depois, após arrancar dele a promessa de que um dia o levaria lá para andar no bondinho, o menino finalmente adormeceu. Enquanto isso o ônibus, como uma grande serpente, ia engolindo uma curva atrás da outra, das tantas que existem em Minas. Duas horas depois, que naquele dia não aconteceu mais nada, chegamos a Belo Horizonte.

26

Novamente tomei um táxi, dessa vez guiado por um homem albino de poucas palavras, e assim que cheguei ao prédio, mal havia acabado de entrar, Elias, um dos porteiros, já me perguntou, ansioso por dar a notícia: o senhor ficou sabendo do Ademir...? Não, o que aconteceu...? Pois é, ele suicidou-se, tomou veneno; foi na semana passada, lá na casa dele mesmo...', respondeu o Elias, dando ênfase às palavras. E contou ainda que o homem, que também trabalhava no prédio, havia se envolvido com jogos clandestinos e mulheres até se enrolar todo, sem ter mais como sair das dívidas nem dos problemas em casa, dos quais até os seus filhos, todos menores, ficaram sabendo. A esposa descobriu, contaram para ela; então ele não aguentou o tranco, pois não é mesmo fácil, e preferiu morrer a enfrentar os problemas. Dizem que não escreveu carta de despedida, nem bilhete, nadinha, contou o Elias que, ali na portaria, sempre tinha a bíblia aberta em cima da mesa. Ou então um rádio, ou uma televisão ligada para assistir aos cultos da nossa Igreja Universal do Reino de Deus, como não se cansava de dizer.

Ainda conversei um pouco com ele, recebi o jornal, alguns livros que haviam chegado e, quando entrei em casa, me peguei pensando no Ademir. Uma pessoa alegre, disposta e cheia de vida, com quem eu sempre brincava quando encontrava na portaria. De sorriso fácil, e uma gargalhada das melhores, sempre tinha uma piada na ponta da língua, além de saber o resultado dos jogos, fossem do campeonato mineiro ou brasileiro. Até do espanhol e do italiano já andava dando notícias, falando a escalação dos times. Atleticano fanático, ele dizia: esse ano o galão vai estourar, nós vamos arrebentar com a bicharada lá da toca, para sorrir de novo, abrir a porta e desejar um bom dia. Todos no prédio gostavam dele, que era dono de uma memória incrível. Como então, meu Deus, um homem desses pode ter se matado?, pensei. Fiz um lanche, me deitei no sofá, fechei os olhos e fiquei assim, até que umas duas horas depois a minha mulher chegou. Tinha ido visitar uma amiga. O namorado dela, filho de um artista famoso, também havia se suicidado dias antes. Pulara do 10º andar de um prédio, bem no centro de Belo Horizonte.

Deviam ser quase 10 horas da noite, e só dois meses mais tarde, já que tive um período de muito trabalho, pude voltar a Santa Marta, onde várias coisas haviam acontecido. Dessa vez, ao meu lado, na poltrona 28, ia a minha mãe, que poucos meses antes havia completado 70 anos. Não quis festa, como havíamos planejado, com todos os filhos juntos. Seus nove irmãos. Os netos. Sobrinhos. Os primos de São Paulo. Como presente que ela própria se deu, preferiu fazer — na companhia de um dos seus irmãos, João Gualberto, e de um primo, Lauro Oliveira — uma viagem a Mendanha, de onde, no final do século XIX, quando o ouro e o diamante estavam em decadência na região de Diamantina e em todas Minas Gerais, o seu avô paterno, Antônio Ernesto, e um irmão dele, Ernesto Antônio, haviam se mudado, até darem com os costados em Santa Marta.

Vou à busca das nossas origens, ela disse e, assim que chegou a Mendanha, depois de quatro horas de viagem, foi apresentada a uma prima, já com quase 80 anos, que se chamava Izabel. Funcionária pública aposentada, essa lhe contou, entre outras histórias, por que sempre fomos conhecidos como a família dos 24. De alguma coisa já sabíamos, mas sempre achamos que fossem lendas, que não havia nada de verdade naqueles relatos passados de geração a geração. A casinha onde nossos antepassados viveram ainda está lá, no centro do povoado. Tem também uma árvore imensa que meu tetravô e um escravo plantaram, disse a minha mãe, sentindo-se realizada com a viagem. Naquela noite, ela me contou com detalhes tudo o que ouvira da prima Izabel, que ainda lhe mostrou retratos e documentos antigos da família. Fiquei sabendo então como nós, os Oliveira de Santa Marta, acabamos, por essas obras do destino, chegando a Minas Gerais, onde estamos até hoje.

27

Foi pelos anos de 1700 e tantos, fugindo da pobreza e da fome em Portugal, que um casal de patrícios cujos primeiros nomes a prima Izabel não sabia — mas que aqui vamos chamar de João e Maria Gomes de Oliveira — chegou a Mendanha, distrito de Diamantina, depois de viajar meses até ao Rio de Janeiro no porão de um navio, junto com escravos. Em seguida, a pé ou no lombo de burros, também buscaram o caminho das minas, como milhares de outros conterrâneos que, como eles, haviam cruzado o Atlântico com o sonho dourado da fortuna e de uma vida mais digna. O nome do lugar onde haviam nascido em Portugal ficou perdido no tempo. Mas suponhamos que tenha sido no norte: em alguma aldeia perto de Braga, Porto, Guimarães, Gaia, Coimbra, ou Viana do Castelo, pois também, como a prima Izabel contou à minha mãe, eles entendiam de ourivesaria, uma profissão comum naquela região portuguesa e que por muito tempo foi seguida pelos nossos antepassados, até se perder completamente no tempo.

Seja como for, o casal tinha ouvido falar que, nas tais Minas Gerais, como por encanto, o ouro e o diamante brotavam com facilidade da terra, onde bastava se cavar alguns centímetros para encontrá-los. Não estavam de todo enganados. Além do mais, eram jovens, haviam se casado há poucos meses, e nada os impedia de realizar aquela aventura, que a princípio, apegados aos filhos como eram, não contou com o apoio dos seus pais e nem de nenhum dos parentes, que tentaram de tudo para impedi-los de partir. Mas depois, quando viram que não tinha jeito, e que João e Maria com ou sem a licença viriam mesmo, seus pais não só os abençoaram, como invocaram para eles a proteção da Virgem Nossa Senhora de Braga e ainda lhes deram alguns trocados para ajudar na travessia, que seria longa e dispendiosa. Nunca mais viram os seus filhos, nem os filhos tiveram notícias deles, pelo que também consta na tradição oral da família, passada à minha mãe pela prima Izabel.

Com as poucas economias que tinham João e Maria, assim que chegaram a Mendanha trataram de comprar um terreno bem no centro da vila, onde fizeram uma casinha ao estilo da boa terra — a mesma que ainda está lá, como disse a minha mãe — e tiveram também um escravo, que aqui vamos chamar de Preto Ambrósio. Provavelmente foi ele, sabe-se lá quando, que teria ajudado o seu amo, João Gomes de Oliveira, a plantar a tal árvore, que ainda continua de pé, desafiando os ventos e as tempestades, que não foram poucas. Ela tem mais de 200 anos e já deu sombra para muita gente. Meu pai dizia que Pedro de Alcântara Machado, na revolução de 1842, amarrou seu cavalo no tronco enquanto esperava, com seus homens e armas, para se encontrar com Teófilo Otoni, a prima Izabel falou, enquanto preparava um cafezinho que foi devidamente tomado com um gostoso e não menos elogiado bolo de fubá.

Ourives em Portugal, ourives no Brasil, pois também consta que João Gomes de Oliveira, por não ter se adaptado ao trabalho pesado das minas a céu aberto, debaixo de sol e chuva e com água batendo na cintura, resolveu deixar de lado o sonho dos diamantes e abrir uma oficina, com a qual, com o passar dos anos, fez fama na nova terra. Se não chegou a ficar milionário, como eram seus planos, pelo menos não tinha do que reclamar, pois se tivesse permanecido em Portugal teria sido pior. Foi dele ainda, segundo a prima contou, a ideia de construir a primeira ponte sobre o Jequitinhonha, ligando Mendanha à Diamantina, pois até então a travessia era feita de canoa ou de jeito nenhum, quando o rio estava cheio. Ele a concretizou com seus próprios recursos, depois de se entender com o governo, e começou a cobrar pedágio dos usuários, tendo ganhado um bom dinheiro com o negócio. Provavelmente, no Brasil, foi a primeira vez que isso aconteceu. Gostava ainda de comprar e vender escravos. Chegou a ter uns cinquenta, além do Preto Ambrósio.

Depois de mostrar à minha mãe o álbum de fotografias — no qual aparecem vários parentes, dos quais ela nem fazia ideia da existência, mas que se parecem muito conosco —, a prima Izabel, então, lhe contou que esse casal de portugueses, que aqui estamos chamando de João e Maria, algum tempo depois, quando as coisas começaram a melhorar, tiveram um único e esperado filho. Menino forte, meio aloirado e de olhos azuis, a quem batizaram, poucos dias após o nascimento, com o nome de José Gomes de Oliveira, e sobre quem, nos anos seguintes, muito iria se falar. Quem foram os padrinhos, não se sabe, como também, sobre seu batismo, parece não existir mais nenhum registro nos livros das igrejas e nem nos cartórios de Mendanha ou Diamantina, como a prima também comentou.

Mas é a partir desse homem que a história que aqui estamos contando passa para um segundo estágio, pois foi devido a esse filho do casal de portugueses, que nós, os Oliveiras de Santa Marta, de Materlândia, Serra Azul de Minas e de alguns outros lugares, existimos. Porque José, a quem seus pais, João e Maria, chamavam carinhosamente de Zequinha, deu o maior golpe neles, quando, logo após completar 15 anos, quiseram mandá-lo para estudar no seminário de Diamantina, onde deveria ordenar-se padre, como naquele tempo era regra comum entre todas as famílias de bem que tivessem filhos varões.

Acontece que Zequinha há muito estava de olho em uma menina morena, de grandes olhos negros, que aqui vamos chamar de Maria Amália, já que seu nome e sobrenome se perderam no tempo. Os pais dela, como os dele, também tinham vindo de Portugal, só que vários anos antes, e por isso já estavam estabelecidos e bem de vida ali em Mendanha. Com uns 14 anos ou menos, Maria Amália correspondia aos galanteios do garoto, seja quando acontecia de cruzar com ele na rua, o que não era difícil, já que lá era tudo muito perto; na saída da igreja; ou ainda por meio de bilhetinhos. Esses, debaixo de segredos, eram entregues a um e outro e depois queimados, ou então rasgados, para não serem descobertos pelos pais ou por uma escrava da família de Amália de nome Mercês, que gostava muito da sinhazinha, conforme confessou misturando um português quase incompreensível com o dialeto africano, quando toda a verdade veio à tona poucos dias antes da morte de João, que causou uma verdadeira comoção.

28

As coisas iam assim, mais ou menos tranquilas para Zequinha, até a tarde em que os seus pais, após o jantar, o chamaram na sala para comunicá-lo que, na semana seguinte, ele deveria seguir para o seminário em Diamantina, onde tudo já estava acertado para recebê-lo. Você será um padre. Nossa família dará ao senhor mais um sacerdote, disseram João e Maria, com comovidas lágrimas nos olhos, para o pavor do filho, que se recusava a acreditar naquela sina da qual já haviam sido vítimas, como imaginava, vários tios seus em Portugal. Foi como se todo o peso do mundo, naquele instante, tivesse desabado em cima do adolescente com o rosto cheio de espinhas que, apaixonado, só via Maria Amália na sua frente: seus olhos negros, suas pernas roliças e macias; os lindos seios durinhos, que ansiava por logo poder beijar.

Mas ele não podia deixar aquilo barato. Capitular por tão pouco. Entregar as armas sem entrar na briga. Perder assim, sem mais nem menos, o grande amor da sua vida, a deusa morena com quem vivia sonhando e fazendo outras coisas às escondidas, debaixo dos lençóis ou atrás das bananeiras do quintal, onde algumas vezes chegou a ser flagrado pelo pai, que por isso lhe aplicou boas surras, para que aquele pecado contra a natureza não se repetisse. E nem aparecessem mais galinhas e peruas mortas no terreiro.

E então, com todo engenho e arte, Zequinha começou a colocar a imaginação para funcionar, até que em uma noite sinistra de relâmpagos e trovoadas, quando parecia que Mendanha iria ser varrida do mapa, ele esperou que seus pais se deitassem, para logo em seguida, fazendo o mínimo de barulho possível, colocar o seu plano em ação. Subiu até o sótão da casa, bem em cima do quarto deles, de onde falou, com a voz mais cavernosa, depois de haver ensaiado a manhã inteira, às escondidas, debaixo da ponte do Jequitinhonha, que naquela época era um rio imenso: João e Maria, meus filhos, ouçam bem: o menino de vosmecês, o José, não tem vocação para o sacerdócio, não foi ungido pela vontade de Deus. Ele nasceu, isso sim, para ser um trabalhador e bom pai de família, como vosmecê, João. Prestem atenção no que vou lhes dizer, pois será só uma vez: casem seu filho com a Maria Amália, a prendada filha do vizinho.... Em seguida, mais do que depressa, Zequinha desceu do sótão, foi para o seu quarto e se enfiou debaixo das cobertas, se rebuçando todo, enquanto os trovões e os relâmpagos, em meio a um aguaceiro terrível, cortavam os céus de Mendanha, destelhando todas as casas e assombrando seus pais. Já estavam convencidos, pelo menos naquele momento, de que aquele tinha sido um aviso dos céus, analfabetos, supersticiosos e tementes a Deus que eram — para a sorte do esperto Zequinha — desde a infância em Portugal.

No outro dia, logo após o café da manhã, antes de João ir até à ponte receber dos escravos o dinheiro arrecadado do pedágio, e em seguida para a ourivesaria, onde estava, com todo o zelo, fazendo um anel para o bispo de Diamantina, tamanho era o prestígio que já havia alcançado, voltaram a chamar o filho na sala. Se assentaram com cerimônia, ele fez o mesmo e, solenemente, comunicaram que depois de terem pensado muito viram que ele não tinha vocação para o sacerdócio, estando, portanto, a partir daquele dia, livre para seguir a sua vida, a profissão que melhor lhe aprouvesse, e até para se casar, se fosse essa a sua vontade.

Notícia melhor, como era de se esperar, não poderia ter sido ouvida por ele, que no ano seguinte, ainda sem ter se livrado das espinhas, mas vestido com uma fatiota bem-talhada encomendada especialmente para a ocasião, esperou por Maria Amália, vestida de branco e com um buquê de rosas nas mãos, no altar da catedral de Diamantina. Naquele dia, ela estava toda enfeitada para o enlace, que foi assistido pela melhor sociedade local e realizado pelo próprio bispo, para o qual João, meses antes, havia feito o anel. Para sua glória, no dia, o anel estava sendo usado por Sua Eminência, que, segundo consta, nunca mais o tirou do dedo, porque também havia engordado muito e o aro não saía de jeito nenhum. Anos depois, teria sido enterrado com ele.

Seguiram-se três dias de festa em Mendanha, com todo o povo do arraial presente. O pedágio da ponte foi suspenso, e vieram convidados de Rio Manso, Rio Preto, Itamarandiba, Diamantina, Rio Vermelho, Mercês de Araçuaí, Datas e de tantos outros lugares — pois a fama de João — como ourives havia corrido — para desejar àqueles dois jovens: o marido, com 16, e a mulher, com 15 anos todas as felicidades do mundo, que com certeza passaram a desfrutar. Afinal, menos de dois meses após o casamento, Amália, agora senhora Gomes de Oliveira, já estava grávida, para alegria maior dos avós e de Mercês, a velha escrava. Ela havia sido dada a eles de presente de núpcias, e tempos depois veio a ser madrinha de carregar a touca de um dos filhos do casal, tamanha era a consideração que Zequinha e Maria Amália tinham por ela. Fala-se também que ela — mas disso a prima Izabel não dava nenhuma certeza — teria recebido alguns anos mais tarde, entre lágrimas de gratidão e alegria, a sua carta de alforria, para morrer pouco depois, agradecendo a Deus e aos amos, já com bem mais de 90 anos.

29

Mas, por essas ironias do destino, aqui essa história passa para o terceiro estágio: de um dia para o outro, pouco mais de seis meses após o casamento do filho, sem que ninguém esperasse, o João, dono da ponte, ourives e vendedor de escravos, que ainda era um homem novo e forte, caiu doente, para não mais se levantar. Para tratar dele, veio o farmacêutico de Mendanha, que fez umas sangrias. Um médico de Diamantina, que era inglês. Outro do Serro, chamado doutor Tolentino. Um preto velho, Salatiel, famoso nas artes de curar. Uma índia botucuda, que conhecia todas as espécies de remédios extraídos das plantas. E nada. Ninguém descobriu qual era o incômodo do João, ou melhor, João Gomes de Oliveira, que dia após dia ia se definhando. Chegou até a se falar que alguém havia lhe rogado uma praga, coisa já comum naqueles tempos, pelo fato de ele não deixar ninguém passar de graça na ponte, que só muitos anos após a sua morte seria levada por uma enchente, quando ninguém mais pagava para atravessá-la.

Daí, ele, com toda humildade — bom católico que era —, ter também aceitado os trabalhos de uma negra mandingueira, prima-irmã da escrava Mercês, que além de ter, em sua intenção, matado à meia-noite de três sextas-feiras três galinhas pretas e um bode, ainda lhe receitou um banho de sal grosso, tomado por ele em uma bacia de cobre comprada pouco antes de uns ciganos, seus velhos conhecidos.

Apavorado com a possibilidade de o pai morrer sem ficar sabendo que aquela história do sótão tinha sido inventada, Zequinha então criou coragem, e em uma tarde, após chamar a sua mãe e a mulher para servirem como testemunhas, foram até ao quarto onde João, muito debilitado, estava confinado há mais de um mês com porta e janelas fechadas. Zequinha pediu a bênção, beijou a sua mão, falou do tempo, da oficina, das encomendas; enfim, dos negócios que havia assumido, até chegar onde queria: Senhor meu pai, preciso contar uma coisa a vosmecê, pois não quero ficar com esse pecado, nem com o peso desse segredo, caso alguma coisa, Deus tal não permita, venha a acontecer. Aquela noite, quando vosmecê e a mãe ouviram uma voz, ela não era do outro mundo, mas a minha, que nunca tive vontade de ser padre. Me perdoe, pai, mas eu queria me casar com a Amália, e foi por isso que fiz aquele teatro todo, que do outro mundo não tinha nada.... Zequinha disse, voltou a beijar a sua mão, e enxugou duas lágrimas, talvez sinceras, que escorriam pelo seu rosto. Muitas velas estavam acesas, e ali naquele quarto, com a porta e todas as janelas fechadas, fazia um calor terrível.

Então o velho português, que na verdade não era tão velho assim, pois ainda não tinha nem 50 anos, depois de fazer um tremendo esforço, foi se levantando devagar, olhou para o filho, se recostou nos travesseiros e disse, com uma certeza impressionante: eu já desconfiava dessa broma, seu biltre. Só estava esperando vosmecê ser homem o suficiente para me confessar. Fico satisfeito com isso, e te perdoo em partes. Mas digo, gajo, que como castigo vosmecê e Amália, para verem como a vida é dura, terão tantos filhos que um dia, sem querer, vosmecê irá tropeçar em um deles e quebrar a perna, para sempre se lembrar da mentira a mim pegada. Além disso, para tristeza das gerações futuras, na nossa família nunca terá um padre. Terá soldado. Terá alfaiate. Terá vendeiro. Terá professor. Terá garimpeiro e mulherengo. Terá cachaceiro, jogador e até pistoleiro. Mas nunca um padre, podem escrever o que estou dizendo. Três dias depois, numa tarde sem nenhuma nuvem no céu, ele morreu, e nos meses seguintes nasceu o primeiro filho de José e Amália Gomes de Oliveira, que aqui vamos chamar de Custódio, pois ninguém — nem a prima Izabel, nem os parentes de Materlândia — sabe o que aconteceu com ele ou com a maioria dos outros. Depois veio mais um, e um mais, ano após ano, até se completarem 24: 12 homens e 12 mulheres, entre eles os gêmeos Ernesto Antonio e Antonio Ernesto, o mestre que muito tempo depois, como se tivesse escrito, viria a ser o meu bisavô.

30

A prima Izabel — agora passeando de braços dados com a minha mãe pelas ruas, vielas e becos de Mendanha, onde ia apresentando-a a um e outro, inclusive a alguns parentes — jurou de pés juntos que a praga rogada pelo português, que aqui estamos chamando de João, se cumpriu ao pé da letra. Um belo dia, justo nas comemorações das bodas de ouro de Zequinha e Amália, estava toda a família reunida em volta da mesa de sucupira feita com uma única peça de madeira vinda da Tromba D'Anta — as 12 filhas de um lado e os 12 filhos do outro, com os netos e os negrinhos espalhados pelo terreiro. De repente o patriarca, ao se levantar para colocar no pulso da amada uma pulseira de ouro na qual havia gravado o nome de todos os rebentos, sem mais nem menos tropeçou na perna de um deles, perdeu o controle e despencou escada abaixo, só parando no último degrau, assim mesmo porque não tinha para onde mais cair.

Todos acharam que ele iria morrer. Mas ainda não foi daquela vez, e daí em diante, até que finalmente bateu as botas, já muito velho, teve de andar com uma bengala pelas ruas e becos de Mendanha, onde todos o chamavam de seu Zequinha Ourives. De tão respeitado que era, teria chegado, inclusive, a ser juiz de paz, com direito a participar, em Diamantina, das grandes decisões de interesse da Comarca, que por aqueles tempos abrangia boa parte do Norte de Minas. Mas, pouco depois das bodas de ouro, lá pelos meados de 1880 ou pouco mais, quando, como já foi dito, a crise também chegou por aqueles lados, arrebentou com a economia do velho Tejuco e, em consequência, com a família dos 24, como os Oliveira Gomes passaram a ser conhecidos. Muitos tiveram de procurar outros rumos, inclusive os dois gêmeos: Ernesto Antônio e Antônio Ernesto, que após pedirem a permissão dos pais, como mandavam os costumes, resolveram ir tentar a vida no Serro, onde as coisas também não estavam boas, como puderam constatar meses depois de terem chegado ali.

Foram então para um lugarejo próximo, Santo Antônio do Itambé, onde Antônio Ernesto, que por aqueles tempos já havia se casado com vó Fina, teve um filho, João Julio de Oliveira — que viria a ser, devido à sua união com Almerinda Aguiar, o pai da minha mãe. Dela e de mais nove irmãos. Mas essa, como tantas, já é outra história, pois antes de começar a contá-la é preciso ainda dizer que, também lá no Itambé, as coisas estavam de mal a pior: lavras e minas falidas, o comércio às moscas, ameaça de fome nas casas, bandos de assaltantes nas serras tirando a paz dos tropeiros. Essas e outras coisas que deixavam todos desanimados, pensando, inclusive, no fim do mundo, que devia mesmo estar próximo, como sempre rezaram as santas escrituras.

Foi então que os gêmeos Antonio Ernesto e Ernesto Antonio, por meio de um tropeiro chamado Manuel Braga, tomaram conhecimento — quando já estavam quase entrando em desespero, sem saber o que fazer — que a uns 100 quilômetros rio abaixo, indo em direção à Mata, depois de se passar por Casa de Telha e Rio Vermelho, tinha surgido um povoado chamado Santa Marta, para onde estava indo muita gente de Diamantina, sem falar nuns turcos de língua enrolada que chegaram ninguém sabe de onde. Terra boa, que promete. Dá milho até nos galhos dos paus, lhes disse ainda o tropeiro, que inclusive já havia comprado uma fazendinha por lá, onde pretendia viver e criar família.

Foi então que Ernesto Antônio e Antônio Ernesto, após discutirem o assunto e verem que não tinham alternativa melhor, juntaram o pouco que possuíam, colocaram no lombo de uns burrinhos cargueiros e tocaram para Santa Marta, onde logo se estabeleceram, fizeram suas casas bem no centro do povoado, pois estava tudo muito barato, e começaram a tocar a vida. Ernesto Antônio, que ficou no arraial por pouco tempo, mudou-se depois para Diamantina, virou comerciante, e Antônio Ernesto, que muitos anos depois morreria lá mesmo, professor e poeta. Pois também tinha estudado no seminário de Diamantina, de onde o convidaram a sair, quando viram — já surtindo efeito a praga do seu avô — a sua total falta de vocação para as artes do sacerdócio. Ele mesmo contou essa história inúmeras vezes em Santa Marta nas frias noites de junho, em volta do fogo, enquanto bebericava um quentão e saboreava uma farta jacuba ou canjica doce, que eram suas iguarias preferidas.

Era chamado de mestre. Mestre Antônio Ernesto. Escrevia coisas lindas, e me lembro muito bem dele. Era o homem mais paciente desse mundo, disse ainda a minha mãe quando chegávamos a Itabira. Quanto a um dos filhos de Antonio Ernesto, João Julio de Oliveira, que viria a ser o meu avô e padrinho, mas do qual não me lembro, minha mãe contou, entre lágrimas: no dia do seu batizado, logo após o almoço, com leitoa assada, frango e guaraná, depois de colocar uma nota de cem cruzeiros na sua mão, que você apertou com força, só soltando para dormir, ele saiu te carregando pela sala enquanto dizia, com a maior felicidade desse mundo, e um sorriso estampado no rosto: esse é o meu sementeiro, meu sementeiro. Sangue do meu sangue.

E foi aquele homem, João Júlio de Oliveira, que se casou, como também já se sabe, com Almerinda — com quem teve 10 filhos — que acabou comprando, bem no centro de Santa Marta, lá pelos idos de 1930 ou pouco mais, o rancho de tropas onde, poucos anos antes, um turco de nome Racilan havia matado Salim, um patrício seu, filho de Abdo e de Samia Mansur, em cobrança de dívida antiga, como ainda se contava, e cujo fato, com detalhes, já foi relatado nestes escritos.

O maior sonho do meu pai era que todos nós estudássemos. Mas, como tudo era difícil naquele tempo, ele conseguiu formar só as filhas, confessou a minha mãe, lá pelas 5 horas da manhã, quando, depois de termos chegado a Santa Marta, tomávamos café com leite na cozinha da nossa casa, antes de irmos deitar. Na paineira, que fica perto dos currais, os passarinhos estavam cantando. Nela e nas mangueiras, carregadas de frutas, como vimos depois andando pelo terreiro e sentindo, em nossos narizes, aquele cheiro antigo da terra. Amanhã a senhora termina a história, pois agora está na hora de a gente descansar um pouco, eu disse a ela. Mas isso não aconteceu, porque naquele dia, como veremos, ocorreu uma coisa terrível, desses inesperados caprichos do destino, da qual foi vítima um amigo nosso, o Taco.

31

Foi logo antes do almoço, eu e Tiago havíamos acabado de voltar dos pastos, onde tínhamos ido olhar a brachiaria, quando chegou o Jorginho, sobrinho do meu pai. Estava assustado. Aceitou um café, tossiu, para nos contar que o Taco havia tomado um tiro em Água Boa. Mas que ninguém sabia direito como tinha acontecido, cada um dizia uma coisa. Tudo ainda eram boatos e na rua todos comentavam. Ficamos na maior expectativa. Não fiz mais nada naquele dia, nem a minha mãe, e só no início da noite — nesse tempo chegaram muitas notícias — foi que ficamos sabendo que ele havia morrido numa tragédia que aconteceu assim, conforme depois nos contaram e aqui dou a versão. No dia anterior, depois de ter voltado da sua fazenda, Taco estava em um armazém no centro de Santa Marta batendo papo com uns amigos, quando de repente passou o Lourenço, que estava indo para Água Boa, onde tinha uns negócios para resolver. Parou para conversar com alguém, e Taco, que estava por perto, perguntou para onde ele ia. Ao ficar sabendo, disse: vou com você, pois estou precisando me encontrar com uns primos que moram lá. Lourenço então lhe respondeu, numa premonição: eu não volto hoje, Taco. Vou passar primeiro em Santa Maria do Suaçuí, e talvez durma por lá, se não conseguir fazer tudo que preciso. Tem problema não, eu fico na casa dos meus parentes, será até bom, o Taco respondeu, para em seguida entrar na van, sem saber que estava indo ao encontro da morte.

Dizem que na entrada de Água Boa, onde chegaram algumas horas depois, ele teria mostrado ao Lourenço o lugar onde, anos antes, uns marginais haviam assassinado um tio seu, para depois também serem mortos pela polícia, após uma terrível troca de tiros que até hoje é comentada por lá. Eu gostava muito do meu tio, e quando era menino vinha passar as férias na fazenda dele, disse o Taco. Em seguida, Lourenço começou a resolver suas coisas, que incluíam, entre outras, combinar com uns romeiros uma viagem até o santuário de Bom Jesus da Lapa, na Bahia.

Depois de tudo terminado, como também nos contaram, foram visitar um amigo, o doutor Almeida, que há anos, desde a sua formatura, vivia em Água Boa. Ele, com a velha hospitalidade mineira, os recebeu na maior alegria, e começaram a conversar. Contaram histórias, tomaram café, e as coisas foram por aí até que o Taco, depois de ver uma espingarda velha dependurada na parede, manifestou desejo de conhecer outras armas antigas do amigo. Só não podia imaginar que ali seria o início do seu fim. Pois um revólver, ao ser colocado em cima da mesa com todo cuidado, mesmo assim disparou, atingindo sua perna. Todos — Lourenço, doutor Almeida e a sua mulher — que estavam na sala entraram em desespero. Taco então disse, tentando acalmá-los: isso não vale nada, é coisa à toa, homem forte que era. Começaram-se as providências para socorrê-lo. Chamaram uma ambulância, e ele foi levado às pressas para o hospital de Guanhães. Lá acabou não resistindo à operação e morreu. Dessa notícia, minha mãe e eu, que passamos o dia inteiro na expectativa, só ficamos sabendo bem tarde da noite, dessa vez pelo tio Marcelo, que também estava chocado, como de resto todos em Santa Marta.

Resultado: não consegui dormir. Fiquei rolando na cama, e na minha cabeça, como ondas, só voltavam as coisas que eu havia vivido com o Taco, meu amigo de anos: nossas idas a cavalo à fazenda Pedra Branca, dos seus pais, que sempre me receberam com a maior alegria. Aquele casarão cheio de gente. As histórias contadas antes de dormir ao redor do fogão, onde se reuniam todos os meninos. Os deliciosos doces e pães de queijo que sua mãe, com a ajuda das suas irmãs, fazia. Algumas primas, das cidades vizinhas, costumavam aparecer. Os irmãos, que eram tantos, os vaqueiros, a quantidade de gado nos currais, feitos com braúna e jacarandá, árvores tão abundantes na época. Os cachorros de caça, pintados, com as orelhas caídas, e sempre atrelados um ao outro, para se acostumarem com a parceria. Os carros de bois, que gemiam estrada afora lotados de milho ou feijão. Tantos cavalos e burros, cuja fama chegava longe, pois o pai dele era um dos maiores criadores da região, além de amestrador de fama. O jipe na garagem. O berrante dependurado na parede, esperando a hora de se levar a próxima boiada para Guanhães, Governador Valadares, ou mais longe ainda. As botas de cano longo, que me encantavam. As idas à casa do irmão casado, que morava numa fazenda pouco adiante, onde uma noite Taco e eu chegamos a dormir, pois começou a chover e não deu para voltarmos. O rio havia enchido, e não tinha como atravessar com a ponte inundada. O seu primo Fadul, que também estava lá, assim como o velho Dumont; os dois contando histórias, algumas das quais ainda me lembro.

Tudo isso ia e vinha na minha memória, como se fosse um filme, ou um sonho. E mais: uma vez em que o nosso time foi jogar no Rio Vermelho, onde eu havia vivido um tempo, para tratar de dentes. Eu no gol, e Taco, um dos beques. De repente, ao tentar pegar uma bola, trombei com um adversário e, sem querer, também com ele. Caí com os joelhos em cima do seu estômago. Ele desmaiou, demorou alguns minutos para retomar a consciência; todos os jogadores se assustaram, o juiz também, e tive pavor de que ele morresse ali, em consequência de um acidente que, sem querer, eu havia provocado. Como anos depois, por essas ironias do destino, iria acontecer em Água Boa, dessa vez tirando-lhe a vida. Sempre que nos encontrávamos, a gente se lembrava desse episódio no Rio Vermelho, e ele dizia com um sorriso, enquanto passava a mão na cabeça, ou acendia um cigarro: pois é, e hoje nós estamos aqui, com os cabelos brancos.

Em tudo isso fiquei pensando naquela noite, até que chegou a madrugada e a manhã, que me pegou acordado, novamente com o sino da Igreja anunciando outra morte. Levantei, fui ao banheiro, lavei o rosto, urinei. Estava me sentindo estranho. Em seguida, enquanto tomávamos café, minha mãe e eu conversamos sobre tudo aquilo. Ela estava chocada. Também não tinha conseguido dormir. Ficara a noite toda pensando na mulher, nos filhos e nos irmãos do Taco. Em como eles deviam estar, na solidão e na tristeza de terem que enterrar uma pessoa querida, morta em circunstâncias tão trágicas, de forma tão inesperada, sem sentido, como se fosse um pesadelo sonhado em noite ruim.

Depois fomos ao velório, que em Santa Marta ainda é realizado nas próprias casas. Na sala, nos quartos, na cozinha, nos corredores, não cabia mais ninguém, e fui para o terreiro, onde me encontrei com Zezito Parafuso, um amigo que eu não via há anos. Com ele e com sua mulher, Mariinha, que estavam morando no Rio Vermelho, em um lugar chamado Mundo Velho, na beira do Rio Cocais. Na minha infância, eles haviam vivido em Santa Marta, onde Zezito tinha uma selaria das mais conhecidas da região.

Acompanhamos o corpo quando foi levado à Igreja para ser encomendado, antes de seguir para São José do Jacuri, onde seria enterrado, pois lá estavam os seus pais e um irmão do Taco, que também havia morrido pouco tempo antes. Minha mãe, cansada pela viagem, preferiu ficar em casa. Fui com os tios Otacílio e Maria Coeli. Aquela morte mexeu muito conosco, mudou todos os nossos planos. Tanto que, dois dias depois — pois havíamos combinado de ficar uma semana juntos em Santa Marta —, embarcamos no ônibus do meio-dia que nos levaria a Guanhães, onde tomaríamos um outro de Novo Cruzeiro que, antes das 22h, se tudo corresse bem, nos deixaria na rodoviária de Belo Horizonte.

Durante a viagem, mais calmos e tentando nos esquecer do que havia acontecido, minha mãe prosseguiu com a história da família e me contou como era que o seu pai a levava a cavalo para Peçanha, onde, durante oito anos, estudou em um colégio interno até se formar no magistério, para depois voltar a viver em Santa Marta, começar a dar aulas e se casar com o meu pai. Ele que em seguida, já dono de uma pequena farmácia — onde passou a maior parte da sua vida — e metido de vez na política, se candidataria a prefeito da cidade. Com atenção, às vezes de olhos fechados para guardar tudo, escutei o relato da minha mãe que, como os outros, vou tentar transcrever aqui.

32

Dias antes da viagem, que era um acontecimento, seu pai começava os preparativos. Cuidava de tudo, se ocupando de todos os detalhes. Havia comprado um cavalo pequeno, o qual recebeu o nome de Andorinho. Deu de presente para minha mãe. Também mandou fazer uma sela no Rio Vermelho, encomendou um pelego branco e capas Ramezoni para protegê-los da chuva. Um alforje bordado, no qual levavam biscoitos, goiabada com queijo e farofa, que comiam na beira de algum córrego quando paravam para descansar, umas quatro horas depois de terem começado a viagem, que até Peçanha, sem exigir muito dos animais, durava três dias, numa marcha lenta, sem pressa.

Para minha mãe, era sempre uma aventura, apesar da tristeza em estar deixando sua casa, à qual só voltaria nas férias, seis meses depois, ou, dependendo das circunstâncias, apenas no ano seguinte. Sempre chorava na hora de ir embora. Para distraí-la, como se ainda fosse uma criança, seu pai ia repetindo histórias. Mas as contava como se fosse a primeira vez e estivessem todos os irmãos ao seu redor nas noites frias de junho, em volta da fornalha: da Moura Torta, de Joãozinho e o pé de feijão, dos três cachorros encantados: Rompe Ferro, Corta-Vento e Acode com Tempo. Da Rapunzel. Da família — e dele próprio — que também gostava de ler. Uma vez, indo para Diamantina numa das únicas viagens que fez acompanhando uma tropa, escreveu uma poesia para a minha avó quando passavam pela Serra do Gavião. Ainda a tenho guardada, como algumas cartas dele, disse minha mãe, que adorava ouvir aquelas histórias. Para ela, ainda são como um acalanto, principalmente nas noites de solidão, quando, sozinha no seu quarto, se deixa levar pelas lembranças. Tanto que uma vez foi ao Sebo do Amadeu, no centro de Belo Horizonte, e pediu a ele que desse um jeito e conseguisse para ela um livro no qual pudesse encontrá-las de novo, pois de algumas daquelas histórias já havia se esquecido. Como sinto falta do meu pai!, e a minha tristeza é de vocês não o terem conhecido. Há pouco tempo, nos 50 anos da sua morte, meus irmãos e eu mandamos celebrar uma missa em sua intenção. Parece até que ele não morreu e que eu continuo a criança que nunca deixei de ser, prosseguiu, com lágrimas nos olhos.

Mas para a minha mãe, que pensava no pai todos os dias, era como se ainda estivessem indo para Peçanha, passando na casa do seu Duca Machado, em Jacuri, onde dormiam a primeira noite. Fazenda grande, assobradada, com uma cozinha imensa e tantas frutas no quintal: jabuticabas, laranjas, pêssegos, ameixas. A quantidade de trabalhadores, os enormes currais cheios de gado. Dona Adelina, dona Rosa. A sua amizade com Merania, uma das filhas do fazendeiro. Depois atravessavam o Suaçuí na canoa; cruzando a serra das Araras, onde soprava um vento forte que parecia cortar a pele. Paravam em alguma venda, onde seu pai pedia "bala doce", senão iam entender que estava querendo era munição. Em seguida, vinha a chegada a Cantagalo, e só mais uma marcha até Peçanha, de onde ela disse guardar algumas das suas melhores lembranças.

33

Tudo isso naquela viagem de volta para Belo Horizonte, depois de tantas coisas tristes que tinham acontecido em Santa Marta, minha mãe ia contando, enquanto o ônibus, lotado, avançava estrada afora. Ela falou também da Rua da Bomba, a mais alta de Peçanha, de onde se avistavam os vales do Rio Doce e Jequitinhonha. Da Mãe-d'água, um lugar, no seu tempo, de se fazer piquenique com as irmãs, que jamais tiravam seus hábitos, nem nos dias de mais calor. As internas ficavam em fila, de cabeça baixa, pois eram proibidas de olhar para os lados, onde podia estar algum desses rapazes, que sempre as seguiam de longe, enviando bilhetes ou então acenando para elas, que davam um jeito de retribuir, nem que fosse com um sorriso ou um balançar de dedos.

Minha mãe contou ainda sobre o morro do Segredo, do porquê daquele nome, e das Bancadas, de onde se avistava toda a cidade. Da rigidez do internato, dos banhos tomados de camisola, pois não era permitido ver o próprio corpo, para não cair em tentações. Das amizades que fez por lá, dos rapazes que se apaixonaram por ela. Das cartas recebidas, muitas das quais ainda guarda. Da sua formatura, da qual meu pai, com quem já estava namorando, não chegou a participar, pois houve um desencontro e ele não teve como assistir à cerimônia, que foi realizada com todas as pompas, porque tornar-se professora naquele tempo era uma glória, feito conseguido por poucas famílias. O discurso da paraninfa, convidada meses antes por carta, com todas as deferências. As formandas em fila, recebendo com orgulho seus diplomas. Muitas tremiam de emoção e choravam. O baile, e depois a volta para Santa Marta, o amadurecimento do namoro, e o pedido de casamento, feito com todas as formalidades, como mandavam as regras.

O seu pai consultou toda a família, pois se um tio falasse não, tudo iria por água abaixo. A expectativa, a ansiedade, principalmente porque os parentes do noivo eram do PSD, partido contrário ao dos seus, ligados à UDN. Mas ninguém foi contra. A festa de casamento. A mesa de doces. Os foguetes. Os arcos de bambu. Toda a comunidade reunida, os amigos, e depois, aos prantos, mas feliz, ela deixou a casa onde havia nascido e foi para a sua, bem pequena, onde começariam uma nova fase da vida. Até há pouco tempo, em Santa Marta, ela existia.

Quando cheguei lá, a despensa estava lotada: arroz, feijão, banha de porco, farinha, carne-seca, açúcar, tudo que o meu pai havia levado da sua venda, sem nos falar, minha mãe disse, tirando o lenço e enxugando os olhos. Depois vieram tempos difíceis, quando começou a disputa política, com meu pai candidato a prefeito. Sou sua mulher, meu voto é seu, e vou torcer pela sua vitória, mas não me peça para participar de comícios nem subir em um palanque a seu lado, pois isso não vou fazer em respeito à minha família, ela falou para ele, que compreendeu e não exigiu nada.

Teve um dia, quase às vésperas da eleição, quando os deputados Pimenta da Veiga e Nacip Raydan foram a Santa Marta fazer um comício, do qual participaram mais de 500 cavaleiros, que a coisa ficou feia para o PSD. A derrota parecia certa, ela prosseguiu. Mas por uma dessas coincidências, quando o meu pai já estava desanimado e sem forças para reagir, de repente, sem estar sendo esperado, um moço chamado Murilo Badaró — então candidato a deputado, chegou a Santa Marta vindo das bandas de São João Evangelista. Se inteirou da situação, marcou uma reunião com Nacip Raydan e Pimenta da Veiga, que eram do PSD mas estavam ali apoiados pela UDN, coisa inadmissível na época. Lembrou a eles a fidelidade partidária, ameaçou denunciá-los ao governador Bias Fortes, e esses não tiveram outra alternativa a não ser ir embora, para o alívio do meu pai, que criou outra alma e foi à luta, ganhando a eleição com pouco mais de 40 votos. Pouco tempo depois, em Santa Maria do Suaçuí, mataram Nacip Raydan, que também era médico, na garagem da sua casa. Ele tinha 38 anos e era casado com Idelse, uma menina linda que havia sido minha colega em Peçanha, lembrou a minha mãe.

34

Essas coisas e muitas outras ela me contou naquele dia, enquanto o ônibus rodava e rodava, sem que víssemos as horas passarem — já distraídos dos incidentes de Santa Marta. Da tristeza pela morte do Taco. Na época em que aquela disputa política aconteceu, minha mãe tinha 21 anos.

Antes de chegarmos à rodoviária, ainda perguntei a ela: e com Ernesto Antônio, o que aconteceu? A prima Izabel disse, sem muita certeza, que ele teria morrido solteiro, em Diamantina. Tomamos um táxi, deixei-a em casa, e no outro dia bem cedo fui para o trabalho, até fazer, no mês seguinte, uma outra viagem a Santa Marta e me lembrar de mais histórias — entre elas de uma outra, bem antiga, a do maestro Fred que, há mais de um século, acontecera em São João Evangelista, cidade vizinha da nossa. A primeira vez que fiquei sabendo dela foi através de um livro de Oswaldo Pimenta, *Um pedaço da história de São João Evangelista: Fatos e feitos*. Sua viúva, dona Ordália, também a contou para mim. Pelo inusitado que nela se encerra, não resisto à tentação de compartilhá-la aqui, rememorada que foi dentro de um ônibus vazio, numa noite de muita chuva e solidão.

35

Tudo começou em 1898, dois anos antes da entrada do novo milênio, quando três homens de São João Evangelista — os coronéis Cornélio Pimenta, Antonio Borges do Amaral e Modesto Ferreira da Mata — resolveram presentear suas filhas com três pianos, que mandaram trazer da França, em meio a incontáveis dificuldades. Para chegarem ao Rio, de navio, foi uma demanda e tanto, pois esse veio parando em vários portos. Depois, com todos os cuidados, os pianos foram embarcados de trem para Ouro Preto, onde, após "descansarem" uns dias, foram colocados em carros de bois, mandados especialmente para aquela missão, e levados para São João Evangelista em uma viagem que, entre a ida e a volta, consumiu mais de seis meses de incontáveis dificuldades. No dia em que chegaram, em meio a uma grande expectativa, houve muita festa, discursos e foguetórios, com os bois enfeitados com braçadas de flores de cipó-de-são-joão e bandeirinhas de papel de todas as cores, pois o arraial, perdido naqueles confins de Minas, até então nunca tinha visto algo semelhante. Toda a região ficou sabendo.

Eu ainda nem sonhava em nascer, disse dona Ordália ao me contar essa história. Alguns meses depois, já passada a novidade, quando uma das meninas — a senhorinha Ocarlinda, filha do coronel Antônio Borges do Amaral — estava na sala exibindo seus dotes em um dos pianos, para o orgulho dos seus pais e alguns convidados, eis que de repente, surgido do nada, aparece em uma das janelas do casarão um homem muito esquisito, com uma aparência deplorável. Mais parecia um mendigo. Estava com as roupas aos frangalhos, a barba por fazer e tinha um sotaque estrangeiro, como nunca se ouvira por ali, a não ser o dos turcos, com o qual todos já haviam se acostumado.

Dizem que era loiro e muito alto. Ninguém em São João Evangelista o conhecia, e logo se levantou suspeita: podia ser criminoso, contratado para fazer algum serviço, como era comum por aqueles tempos, ainda mais naquelas bandas. Nunca se sabia. Pediu um copo-d'água, que a empregada buscou com desconfiança, ao que em seguida o coronel Amaral, muito polidamente, se aproximou dele e perguntou se desejava alguma coisa. Caso contrário, pedia que desse licença, pois estavam em uma reunião de família. Passava por aqui, senhoooor, quando escutei o som do pianoooo; portanto, estou apreciando a música, se me permitemmm vossas excelências, respondeu com bons modos.

Daí a pouco, quando a mocinha Ocarlinda parou de tocar, aquele desconhecido que continuava na janela pediu permissão para entrar na sala, pois queria conhecer o piano. Meio a contragosto, e após uma troca de olhares com a sua mulher e os convidados, o coronel Amaral acabou permitindo, não sem antes colocar de sobreaviso um empregado, com uma carabina devidamente posicionada em um ponto estratégico, para o caso de aquele estranho tentar alguma coisa. Ele não fez nada errado, muito pelo contrário, prosseguiu dona Ordália. E com elegância se posicionou em frente ao instrumento e começou a executar, divinamente, peças de Chopin, Schubert, Verdi, Bach,Vivaldi e tantos outros mestres. Todos ali, nc casarão, ficaram boquiabertos, como se aquilo não fosse possível de acontecer naquele fim de mundo, onde as sinhazinhas, o pouco que sabiam, tinham aprendido com irmãs de caridade nos colégios de Peçanha, Mariana, Serro ou Diamantina.

E depois, dona Ordália, o que aconteceu? Ah!, meu filho, nem te conto: horas mais tarde, já de banho tomado e com roupas novas que o coronel mandou buscar na sua loja, o moço pianista, para quem se voltaram todas as atenções, narrou sua história enquanto tomava uma taça de vinho. Era oficial do exército alemão, do qual havia desertado anos antes, por não concordar com a política belicista do seu governo. Chamava-se Frederico, e também, durante muito tempo, desde a infância, havia estudado música com os melhores professores de Berlim e se tornado um maestro respeitado. Sua família tinha posses, descendia de nobres, e chegou a dar concertos em vários países do Velho Mundo: Itália, França, Áustria, Suíça, onde seu nome e fotografias haviam saído nos jornais. Um desses recortes trazia no bolso, e mostrou para provar que não estava mentindo. Mas, como ninguém sabia ler na tal língua, ficou por isso mesmo. Jantou com príncipes, frequentou palácios, tomou chá e tocou para rainhas. Mas não posso voltarrr para a Alemanha, onde serrrei fuzilado, já que uma atitude como a minha não é perdoooada. Deserção no meu país é crime graveee, ainda disse o pianista, com tristeza, enquanto bebia outra taça de vinho e executava mais algumas peças.

Resultado: foi imediatamente contratado como professor das filhas de Antônio Borges do Amaral, Modesto Ferreira da Mata e de Cornélio Pimenta. Conta-se ainda que o maestro era tão severo e rigoroso ao ensinar que exigia de suas alunas a colocação de uma moeda nas costas das mãos. Elas não podiam deixá-la cair de maneira alguma, para o melhor e mais belo jogo dos dedos, como também ficou registrado. E que fim levou o maestro, dona Ordália?, perguntei, já imaginando que talvez ele tivesse até se casado com uma daquelas meninas, filhas dos coronéis, para tudo terminar como em um conto de fadas. Ah!, meu filho, isso não sei, ninguém dá mais notícias, ela disse.

Às 4 horas da manhã, ainda embalado pelas lembranças desse relato, fui despertado do meu "sonho" quando o ônibus parou em São Pedro do Suaçuí. Lá, um bêbado, causando o maior tumulto, queria embarcar de qualquer jeito, contra a vontade dos passageiros e do motorista que, com o apoio de todos, acabou indo até à delegacia, acordou o sargento, os dois soldados, e a questão foi resolvida com o homem sendo convidado a passar o resto da noite no xilindró. De novo na estrada, não voltei a pensar no maestro Fred nem em toda aquela aventura. Mas nas tantas coisas que eu teria de resolver em Santa Marta, onde chegamos duas horas depois, já com o dia claro. Tomara que dessa vez não tenha morrido ninguém, pensei, vendo as pessoas irem para a missa. Em seguida, depois de tomar café e descansar um pouco, me encontrei com o Tiago, que já me esperava com os cavalos arreados. Estavam aparecendo muitas cascavéis e jararacas, e não fiquei a fim de me arriscar a andar a pé pelos matos, ainda mais naqueles dias de chuva e sol forte em seguida.

36

Parece até que eu havia adivinhado. Pois estávamos ainda no terreiro nos preparando para montar nos cavalos, quando de repente uma menina que catava vassoura nas imediações do curral começou a gritar desesperada: cobra, cobra, cobra, me acudam. Saímos correndo, Tiago e eu, depois de conseguir-mos um galho que quebramos de uma mangueira. Mas, quando chegamos onde estava a menina, alguns segundos depois, Joel Porto, um rapaz que trabalhava em um bar por perto e também havia ouvido os gritos, já havia ido lá com uma foice e matado não uma, mas duas serpentes. Elas ainda se contor-ciam no chão, retalhadas pelos golpes, e uma abria e fechava a boca como se estivesse dando botes. A menina, encolhida em um canto, não parava de chorar de tão apavorada que fi-cou com aquela cena. Seus olhos estavam arregalados, e nem falar conseguia. Tentei acalmá-la, disse que ficasse tranquila, pois o susto havia passado e, olhando para aquelas cobras, custei a acreditar que espécies como aquelas, das mais vene-nosas, pudessem ainda viver tão próximas à nossa casa.

Depois, como contou Joel Porto, elas estavam enrodilha-das bem no meio do vassoural quando ele chegou. Talvez estivessem cruzando, ou então uma tentando devorar a outra. A maior, com mais ou menos 1,5 metro de comprimento, era uma urutu-cruzeiro. A outra não consegui identificar. Tinha a pele meio amarronzada. Era mais fina e menor que a primeira, mas de uma beleza impressionante. A mordida de uma dessas, quando não mata, deixa o cidadão na pior pelo resto da vida, disse Joel Porto, depois que as enterramos ali perto do curral debaixo de um pé de murici, cujas sementes começavam a amadurecer para a alegria dos inhambus e das juritis, que já estavam chegando aos bandos.

Naquelas alturas, a menina, já refeita do susto, tinha ido embora. Instantes depois, lá na cozinha, enquanto tomava um copo-d'água, fiquei pensando também nas rãs que eu havia matado poucos meses antes, quando essas haviam invadido a casa. Vou procurá las novamente hoje à noite, antes de me deitar, pois não quero ter a surpresa de nenhuma urutu aqui dentro, pensei, e fui ao meu quarto, olhei debaixo da cama, levantei o colchão e examinei os sapatos e as botas. Eu estava impressionado e com medo. Depois, então, montamos nos cavalos e fomos ver a brachiaria, que, segundo o Tiago, já estava formadinha, de dar gosto.

37

E era verdade. Com as chuvas que tinham caído, as sementes haviam nascido com força. As mudas deviam estar com uns 10, 15 centímetros de altura e, se o tempo continuasse bom, com mais uns quatro meses daria para colocar o gado. Em junho podemos soltar os bezerros aqui, disse o vaqueiro, antecipando o que eu ia falar. Passamos ainda pela plantação de eucalipto, que também estava bonita, com alguns pés já atingindo uns 2, 3 metros. Olhamos os novilhos que tínhamos castrado na penúltima viagem, e eles estavam bem, só em um ou outro é que havia dado bicheira. Fomos ainda até à mina d'água, que meses antes havia sido recuperada, depois de ter ficado perdida por mais de 40 anos. As queimadas, e a areia que descia dos morros, acabaram tapando as nascentes. A água, como por milagre, continuava a correr, cada vez mais cristalina, sem um grão de terra no fundo da caixa mestra, da qual era distribuída para outras, menores, que serviam de beber ao gado e abasteciam as casas dos empregados e da minha mãe.

Desci do cavalo, peguei um copo que levava amarrado na sela, enchi e tomei devagar, orgulhoso por aquela água estar novamente ali nos servindo, e não desaparecida nas entranhas da terra, como chegamos a temer. Isso foi um presente de Deus para nós, disse o Tiago, que já havia, a meu pedido, cercado com vários fios de arame um bom espaço ao redor da nascente, para que nada pudesse prejudicá-la e a água continuasse a correr pelo resto da vida, longe do fogo e das patas dos bois.

Nesse brejo só quero que entrem sapos, cobras, insetos e passarinhos, disse a ele, quando pedi para fechá-lo. Também plantamos bananeiras, ingás e inhames, para ajudar a segurar a água. Esses já estavam crescendo, e nos tanquinhos que se formavam onde ela caía, quando a caixa enchia, os passarinhos aproveitavam para tomar banho. Era um bando de melros e de pássaros pretos. Eles se abaixavam no meio das poças, molhavam as asinhas e depois de uma só vez voavam para as árvores próximas, onde ficavam cantando até se secarem, para em seguida repetirem o ritual. Veados, cutias e pacas também já estavam indo ali para matar a sede, e até de um lobo-guará tive notícias. Passamos ainda na casa de Marcelo e de Maria, pais do Tiago, aos quais eu havia encomendado requeijões e doce de mamão, que queria levar de presente para a minha mãe, pois há dias ela não ia a Santa Marta.

Marcelo me falou do milho e do feijão, que estavam nascendo, assim como das abóboras e dos amendoins. Se os tatus e as pacas deixarem, esse ano sua mãe vai fazer muito pé de moleque, brincou, ao que Tiago aproveitou para me dizer que havia conversado com ele, e ele tinha topado construir a sua casa. Era só eu dar o sinal. Também já haviam feito o orçamento dos tijolos, do cimento, do material para cozinha e banheiro. Das portas e janelas, e ainda de um caminhão de areia. Mas essa teria de vir de São Pedro do Suaçuí, pois a de Santa Marta não prestava para construção, não dava a liga necessária.

Então já pode marcar o casamento, falei a ele, que sorriu, disse tudo bem, e o deixei ali com os cavalos, pois queria voltar para casa a pé e aproveitar o frescor daquela tarde — que começava a cair, como indicavam umas nuvens que coloriam o céu lá pelos lados do Rio Vermelho. Um vento frio, vindo da Grota dos Cardosos, batia no meu corpo, e sentindo-o, me lembrei das tantas vezes, naquele mesmo horário, em que havia passado ali com o meu pai quando era criança e a doença ainda não o tinha atacado. Assentei debaixo de uma gameleira, onde também costumava ficar com ele, e comecei a me lembrar dos seus últimos momentos, quando toda a família — minha mãe, minhas irmãs, minha mulher, as tias Dozinha e Zenaide, Maria Lúcia e Celso, os meus cunhados, todos os sobrinhos e eu — ficamos ao lado de sua cama no Hospital Maria de Lourdes Drummond, em Belo Horizonte, onde havia semanas ele tinha sido internado em estado grave.

Três dias antes perguntamos a um dos médicos que o atendia, o doutor Eric Cury Mafra, quais seriam as chances que ele teria de sobreviver se o levassem para o CTI, como chegou a ser cogitado. Com toda dignidade ele respondeu, sem deixar margens para dúvidas: só posso dizer que elas são mínimas, pois a situação está piorando muito, e ele já não consegue reagir aos medicamentos. Agora é só uma questão de tempo. Então resolvemos, de comum acordo, que papai ficaria conosco. Morreria com todos nós ao seu lado. Alguns dias antes, ainda semiconsciente, em um sofrimento terrível do qual nunca se queixou, uma hora em que estávamos só nós dois no apartamento — pois minha mãe tinha ido tomar um café — ele olhou para mim, os olhos brilhando, e disse, depois de fazer um grande esforço: e o Baio, hem...? Estava se referindo a um cavalo que tínhamos, e no qual, na sua garupa, eu andava por todos os cantos da nossa terra. Nunca antes havia falado assim. Era uma beleza, papai, respondi, e saí do quarto, deixando-o sozinho por uns instantes, pois não queria, mais

153

uma vez, que me visse chorando. Um outro dia, olhando para a minha mãe, que durante todo o tempo esteve do seu lado, os seus olhos se umideceram e ele abriu os braços na direção dela, como se quisesse abraçá-la ou lhe falar alguma coisa.

Cada uma das minhas irmãs tem a sua história para contar sobre aqueles derradeiros instantes, que parecem ter acontecido ontem de tão nítidos nas nossas memórias. Os parentes, outros tios e tias, primos, muitos amigos, todo mundo foi chegando quando se espalhou a notícia. O corredor do andar onde estávamos foi se enchendo de gente, e o doutor Eric Mafra pediu que só ficassem no quarto as pessoas mais próximas. Meu pai, àquela hora, já estava inconsciente, com uma falta de ar quase absoluta. Eu não tinha ideia de que a minha mãe soubesse orações tão lindas. Onde as teria aprendido? Com a minha avó? No internato em Peçanha? No catecismo, lá mesmo em Santa Marta, quando era criança? Não. Por mais que tentasse adivinhar, eu não poderia saber.

Com uma tranquilidade reservada a poucas pessoas, ela começou a rezar quando percebeu que estava chegando a hora. Como manda a velha tradição, acendemos uma vela e a colocamos na sua mão, que fiquei segurando com cuidado, como se não estivesse ali. Lá fora, no corredor, aquele zum-zum das pessoas que não paravam de chegar, pois umas foram avisando às outras e formou-se um grande cordão de solidariedade entre familiares e amigos. Então respirei fundo e disse, segurando o choro — que só aconteceu dias depois, dentro de um carro, em plena Avenida Álvares Cabral — papai, todo mundo está aqui, tem muita gente lá fora, o senhor foi muito bom para nós, pode ir embora em paz. Vamos sentir demais a sua falta, mas pode ir.

Minha mãe e minhas irmãs, todas, à sua maneira, também se despediram. Os netos, genros e tias fizeram o mesmo. Então, de repente, sem que nos déssemos conta, começou um grande silêncio. Era como se mais nada no mundo existisse, a não ser nós ao lado do nosso pai, que estava morrendo. Devagar, a sua respiração, até pouco antes agitada, à procura desesperada de oxigênio, foi diminuindo; o semblante, antes tenso, começou a ficar leve, transparente, como se ele já não estivesse ali, mas voando longe, feito um grande pássaro branco. Ainda olhou para nós e finalmente se foi, tomado por uma paz que eu, até então, não sabia que pudesse existir em situações semelhantes. Era uma sensação bem parecida com essa que, nesse início de noite debaixo dessa velha gameleira, bem devagar vai se apoderando de mim. Eu que amanhã — pois escolhi o risco de viver entre dois mundos — estarei de novo na estrada, de volta para Belo Horizonte, já que, na segunda-feira cedo, se Deus quiser, começo mais uma jornada de trabalho, até retornar outra vez a Santa Marta, se possível, na poltrona 27.

Coluna, 25/2/2009
Belo Horizonte, 25/1/2010

Posfácio

Entre dois mundos

Silviano Santiago

Poltrona 27, de Carlos Herculano Lopes, prestigiado romancista mineiro, pode ser enquadrado na categoria da *literatura do eu*, cujo último rebento é o subgênero definido pelos teóricos franceses como *autoficção*. Nem autobiografia nem romance, os dois gêneros ao mesmo tempo, *Poltrona 27* se apresenta como fabulação híbrida. De maneira original, sua escrita explora, por um lado, "a coisa observada e sentida", de que fala na epígrafe o Graciliano Ramos das *Memórias do cárcere*, e, por outro lado, a força da memória aliada à invenção, território por excelência da autora de *A república dos sonhos*, Nélida Piñon, romancista também evocada na página de abertura.

O movimento entre a autobiografia e a ficção se duplica na oscilação entre o que é notado pela percepção do personagem e o que é sentido com a alma pelo narrador. Desdobra-se e se enriquece no movimento entre a observação dos familiares e dos conterrâneos desvalidos e a invenção da origem familiar na terra europeia. Finalmente, reganha concretude e densidade num relato original sobre *viagens* pelo espaço do planeta e pelo tempo histórico, principal tema da autoficção de Carlos Herculano.

O ônibus interurbano resfolega nas subidas, curvas, buracos e lamaçais da BR-381. Diante de acidentes frequentes e mortais, desacelera o motor. À borda da ponte levada pela enchente, interrompe o percurso para, depois de se atravessar o rio em pinguela ou canoa, retomá-lo na outra margem. Embora nem sempre seja pontual, o veículo é confiável. Vai depositando cada um dos passageiros na cidade de destino.

O ônibus percorre de fio a pavio o chão da nova narrativa de Carlos Herculano. Pelas mãos engenhosas e humildes de motoristas como Ailton, Amaral ou José Carlos, transporta os passageiros da capital do estado, Belo Horizonte, às cidades do Vale do Rio Doce e do Jequitinhonha, com saliência para Santa Marta, cidade mítica onde nasceu Carlinhos, o narrador/personagem de *Poltrona 27*. O ônibus libera os humanos para a aventura no mundo desconhecido e serve para que matem as saudades. Durante o transcorrer do relato, a viagem privilegia o território abandonado da infância e o erige como refúgio.

Transposta para o plano do simbólico, a viagem se afirma como apoio ou respaldo dramático para as vidas secas e obscuras dos moradores da região, tomados aqui e ali pela precisão do êxodo. Viajam em busca de melhores oportunidades nas plantações de café do Espírito Santo ou nas fábricas de São Paulo, nos canteiros de obra em Manhattan ou no Iraque. "Trataram nós pior do que cachorro sem dono" — confessa um ilegal chegado da fronteira dos Estados Unidos da América com o México. Os moradores estrangeirados fazem parte dum movimento diaspórico mundial, de que é exemplo trágico o emigrante Jean Charles de Menezes, nascido na mesorregião mapeada por *Poltrona 27*. Por ser tomado como terrorista pela Scotland Yard, ele teve o corpo fuzilado numa estação de metrô em Londres.

A viagem serve também de apoio ou de respaldo para as vidas também secas e ambiciosas dos estrangeiros, que no início do século XX vieram *fare l'America* nos garimpos abandonados da antiga região diamantina. Refiro-me ao grupo fechado, melodramático e violento dos libaneses. Serve, finalmente, de ponto de fuga para o exímio pianista Fred, o gringo que vive miseravelmente nas Gerais, embora na realidade fosse um foragido do exército germânico.

Também viajam da África, e são aclimatadas ao Brasil pela EMBRAPA, as sementes de brachiaria, que modernizam e enobrecem a pastagem das fazendas mineiras e engordam os novilhos para o abate. Viajam de Paris ao interior mineiro os três pianos que encantam as donzelas ricas e prendadas da região.

Last but not least, o próprio narrador/personagem é viagem. Sua personalidade é semelhante à foto 3x4 colada no documento de identidade que garante a entrada do portador nos ônibus, aviões e navios, que partem e chegam. Ao pôr o ponto final no relato, o narrador oferece ao leitor a definição definitiva da sua subjetividade em trânsito:

> *Eu que amanhã — pois* escolhi o risco de viver entre dois mundos [grifo meu] — *estarei de novo na estrada, de volta para Belo Horizonte, já que, na segunda-feira cedo, se Deus quiser, começo mais uma jornada de trabalho, até retornar outra vez a Santa Marta, se possível, na poltrona 27.*

Quase tudo é viagem na *Poltrona 27*.

Se a narrativa ritualiza no real e no figurado as cinco sucessivas viagens de ida e volta entre Belo Horizonte e Santa Marta, ela dribla pelo sonho o todo-poderoso domínio do *movimento* sobre o relato, para ali deitar a indispensável gota de otimismo, ou de utopia. O sonho fala do desejo de estabilidade emocional e financeira que os vários personagens interioranos buscam na viagem de ida e o narrador/personagem encontrará na viagem de volta. O desejo de vida melhor e equilibrada encontra sua metáfora na poltrona do ônibus que, pela numeração invariável, se torna imóvel no espaço do mundo e no tempo da vida, para se revelar como passível de ser concretizado em Santa Marta, como está no último capítulo de *Poltrona 27*. Carlinhos vê vicejar a fazenda dos sonhos.

Decorrente das inúmeras tragédias e dramas narrados pelo ocupante da poltrona 27, a *rigidez* do corpo humano na morte, da qual não escapa a maioria dos personagens da autoficção de Carlos Herculano, é terrível. Local dos mil e um acidentes de trânsito fatais, a Rodovia da Morte se associa a outra correnteza, a dos caudalosos e enfurecidos rios das bacias do Rio Doce e do Jequitinhonha. A água assassina enterra sete palmos debaixo da terra uma família na alegria do piquenique, ou uma menina na flor dos anos. A morte é tão onipresente na narrativa quanto a viagem. Carrega consigo o imprevidente Taco. Em um momento crucial da obra, Carlinhos constata a morte simultânea de três figuras gradas da cidade. Informa-lhe o vaqueiro Tiago: "Só no dia de hoje, três pessoas vão ser enterradas aqui na nossa Santa Marta." Ademir, porteiro do prédio onde mora Carlinhos na capital, de sorriso fácil e piada na ponta da língua, se suicida.

Os repetidos velórios também se representam no ônibus da morte pela imobilidade da poltrona 27. São as fotografias dos antigos que se dependuram na parede da sala, e como doem! Uma terceira epígrafe de *Poltrona 27*, retirada duma canção mexicana, esclarece essa porção do relato: "La vida no vale nada, no vale nada la vida."

Vale alguma coisa nas Gerais. À aceitação mansa da fatalidade da morte se contrapõe a reafirmação inabalável da renovada viagem pela vida. O paradoxo é evidente e é marca registrada da mineiridade interiorana, como a descreve Carlos Herculano. O paradoxo tem nome: é a *fala para cima* dos personagens, ou seja, o otimismo na desgraça, de que é exemplo a garçonete Jacira, que trabalha na estação rodoviária de Belo Horizonte. Padece horrores e tem fé no futuro. Não deixa a peteca cair. Depois de dizer que "a vida não está nada fácil" e que "andava deprimida", tendo até consultado psiquiatra, ela confidencia que o sobrinho dera para beber e fumar maconha. Jacira tem medo, e com razão, da polícia assassina. Carlinhos se apressa, tem de pegar o ônibus. Jacira se despede dele, pedindo-lhe para não tomar ao pé da letra o relato da desgraça humana: "No mês que vem, quando você passar por aqui de novo, vou estar melhor, com uma cara mais alegre."

Não se assuste, pessoa / se eu lhe disser que a vida é boa — cantam os Novos Baianos.

O paradoxo tem outro nome: a vontade de Deus, que retira a culpa da consciência dos seres humanos e isenta de responsabilidade tanto as máquinas mortíferas manufaturadas pelo homem quanto os desmandos da natureza feroz e desumana. "Tem problema, não, moço, foi a vontade de Deus." A fala de Deus bate à porta de um e de todos. É precavida e se expressa pela *premonição*: "[...] naquele dia, justo naquele dia da tragédia, ela estava sentindo uma coisa esquisita, uma sensação estranha, que parecia sufocá-la." Aberta a porta da vida, a premonição é soberana. A vontade de Deus se realiza. Ela sempre pegou carona no ônibus da mineiridade. Os antigos católicos são hoje evangélicos. Assistem ao culto na televisão e veneram um Cristo que dita aos fiéis normas estritas de conduta.

Entregue a Deus, a morte-e-vida-severina, para retomar o título do poema de João Cabral de Melo Neto, é um beco sem saída apenas aparente. Graças à ajuda de enviados divinos, ele se abre milagrosamente. *Severino* é o rapaz preto, saco-leiro de profissão, ferrado pelos fiscais da polícia rodoviária. Em virtude dos brincos e das tranças nos cabelos, tinha sido espancado e acusado de ser veado ou travesti. Um dia, ele ressurge para a vida. Aparece um amigo, "enviado por Deus", que o convida para trabalhar numa oficina de automóveis. Voltou a estar na área. Tudo o que acontece — de bem e de mal — é graças a Deus.

Além de ser curioso da vida alheia, o mineiro é, em *Poltrona 27*, um ser da palavra. O papo fiado elaborou, nas Gerais, uma sociedade falastrona, transgressora e inocente, sem culpados. Não há como ou por que recriminar o indivíduo infrator ou os aparelhos de repressão policial e de coerção social, ou, ainda, os gananciosos e poderosos. Reclama-se. Miséria pouca é bobagem. A conversa entre familiares, entre conhecidos e entre desconhecidos, nivela a todos, igualitariamente, já que o papo é sempre ameno e descontraído, acompanhado dos três dedos de *Coluninha* e da rodela de tira-gosto. Humberto Werneck não afirma que o bar é a praia dos mineiros? Conversa-fiada, papo-furado, gente fina e solidariedade à flor da pele. Os mineiros confessam os pecados em público com a facilidade como outros os confessam em segredo no confessionário.

Diante de familiares e de amigos, frente a desconhecidos, o narrador de *Poltrona 27* é uma espécie de saca-rolha de confidências. Investe sua energia vital na conversa-fiada propiciada pelo acaso das circunstâncias. Por saber puxar conversa como ninguém, ele é um padre confessor que torna públicas as vidas mais íntimas. Ao repetir as palavras do outro em escrito literário, recita as dez ave-marias e os cinco padre-nossos de expiação da culpa. A indiscrição do narrador se soma ao castigo pela exposição pública da intimidade própria e alheia e, associados, limpam a alma do penitente de qualquer sujeira moral ou ética, à maneira da catarse grega.

A conversa flui, pois, como a rodovia ou o rio. Ela é também a razão de ser da autoficção de Carlos Herculano.

Cada personagem que é trazido à cena do relato é a ocasião para um novo caso. Nisso, a prosa de Carlos Herculano paga pedágio à poesia de Carlos Drummond, a quem ofereceu como presente uma adaptação romanesca do célebre poema "Caso do vestido", filmada posteriormente por Paulo Thiago. Nesse particular, *Poltrona 27* se alimenta de infinitos casos e estes, de infinitos pormenores, e apresenta ao leitor uma composição fragmentada, cuja linha condutora é a miserável, feliz e solidária condição de vida das classes populares naquela região do estado. Visto dessa perspectiva, cada pormenor transporta densidade e peso a cada caso ocasional. Vale dizer: a cada personagem em chamas.

O pormenor é enciclopédico: arrola os vários bichos nocivos (cobras, ratos, rãs, gambás...) que ameaçam a vida cotidiana do homem no interior, ou os vários pássaros que encantam seus olhos e ouvidos. De repente, um pormenor — as rãs — vira alimento para um sonho de Carlinhos. O pormenor pode ser grotesco: os bagos, produto da castração dos novilhos, servem de material para uma apetitosa farofa, feita de farinha de milho e pimenta, harmoniosamente recoberta por um cálice de pinga. O pormenor traduz o pão-durismo que não se dobra à inconveniência para os demais: o casal transporta na bagageira do ônibus o indispensável para montar toda uma casa. Não está de mudança. É mais barato fazer compras na capital. O detalhe se ampara na tradição e é auxiliar da memória solidária: o aparentemente anônimo é neto, filho, sobrinho ou afilhado de. O pormenor também traduz o peso da necessidade a esmagar a força da solidariedade: a vizinhança saqueia o caminhão acidentado, deixando o motorista "assentado em um tronco de madeira, sem ninguém dar a mínima para ele".

Em contraponto à dramaticidade pelo pormenor, a narrativa se abre e se alarga para acobertar duas longas digressões.

Na primeira, Carlinhos narra a conturbada, melodramática e ultrassentimental história dos libaneses, arribados a Santa Marta na primeira década do século XX. O longo relato se assemelha a qualquer coisa como um folhetim de capa e espada, escrito por Alexandre Dumas. Os libaneses mal falam o português, mas "em pouco tempo já eram tão brasileiros como quaisquer outros, completamente integrados à nova vida e ao lugar". Em torno da exploração e venda de turmalinas e esmeraldas, Salim e Racife se desentendem. Racife teria chamado Salim de ladrão, encarnação de Caim. Partiram para a briga. Salim saca o revólver, mata o amigo. Cartas de parente são enviadas ao Líbano, denunciando o assassino. De lá vem Racilan, irmão de Racife. Viaja a Santa Marta para vingar a morte do irmão. Vinga-a. Já estão todos desesperadamente aclimatados às Gerais, sem culpa.

Numa das viagens de Carlinhos com a mãe, o texto se alarga para a segunda digressão. Ela lhe fala sobre as origens europeias da família. Ao contrário do que acontece na poesia de Carlos Drummond, onde os dados genealógicos podem ser comprovados em análise de escrituras e de outros documentos cartoriais (consulte-se o poema "Os bens e o sangue"), o relato das origens na autoficção de Carlos Herculano baralha, como lembra Nélida Piñon, memória e invenção. E continua ela: "O que predomina na vida é uma versão." Predomina no texto de Carlos Herculano uma versão tranquilizadora, que recria a força da tradição, indispensável para que *Poltrona 27* se realize plenamente como autoficção mineira.

Não há entrega ao leitor de *silêncios* por parte dos membros da família (leia-se, como exemplo, o poema "Viagem na família", de Drummond), mas de *suposições* sobre os antepassados. Para dar nome à parentela perdida no tempo, o narrador vai-se valer duma expressão que, a partir do momento em que é nomeado o casal fundador, se repete com frequência: "vamos chamar de". Prima Izabel não sabia o nome dos patrícios, "vamos chamar de João e Maria Gomes de Oliveira". O casal faz uma casinha e arranja um escravo, "vamos chamar de Preto Ambrósio".

Não há como escapar das tábuas da lei mineira de família. A mineiridade cavou e cavou a terra até encontrar, bem lá no fundo do poço, Deus, imagem do Pai. Depois, cava e cava até encontrar o solo europeu, de onde descendemos. Apesar de escamotear o poder raivoso do patriarcado mineiro e de sugerir, em troca, os valores de compaixão misericordiosa do matriarcado evangélico, a narrativa de Carlinhos não foge à maioria das regras patriarcais ditadas por Carlos Drummond em suas últimas coleções de poemas, reunidas sob o título de *Boitempo*. Tampouco se distancia da prosa de Pedro Nava, que traçou o magnífico painel memorialista que admiramos. Pelo gosto da digressão, que em dois momentos da narrativa toma conta do livro, é que Carlos Herculano se inscreve nessa tradição.

Ao acariocado "fazendeiro do ar" de Drummond, Carlos Herculano opõe, pelas sucessivas viagens descritas na *Poltrona 27*, o alvissareiro retorno do escritor às terras da infância. No capítulo 37, que fecha o livro, Carlinhos diz que as sementes de brachiaria tinham nascido com força. Em junho, o vaqueiro poderá soltar os novilhos pelo pasto. A plantação de eucalipto está bonita, alguns pés já atingem dois, três metros. Os novilhos estão bem, só num e noutro tinha dado bicheira. Depois de ter ficado perdida por mais de 40 anos, a mina d'água tinha sido recuperada. Bananeiras, ingás e inhames tinham sido plantados para represar mais eficientemente a água. Veados, cutias e pacas ali matam a sede. O milho e o feijão nascem bonitos, assim como as abóboras e os amendoins. O torrão natal está à sua espera.

Realizou-se no concreto o conselho certeiro da mãe:

> *Seu lugar é aqui, meu filho. Você cresceu aqui. Pegou passarinhos aqui. Criou seus carneiros aqui, brincou com seus amigos e andou a cavalo foi aqui. Jogou bolinhas de gude e soltou papagaio foi aqui. Pare com essa bobagem de querer outra terra...*

Se o interiorano viaja para construir a vida adulta lá fora, por que retorna ao ponto de partida na idade madura? Em resposta, Carlos Herculano salienta o poder da Mãe e a busca de Estabilidade. O interiorano desconfia da inquietação que traz o movimento. Acata melhor a viagem pela experiência da leitura, como aclaram os poemas "Infância" e "Biblioteca verde", de Drummond, ou pela experiência da conversa fiada, de que são exemplo os inúmeros casos narrados. O interiorano vive entre o movimento pelo espaço do mundo e o sempre recorrente *rigor mortis*. O começo audacioso, ditado pela precisão da viagem para uma cidade estranha, não se confunde com a atração exercida pela origem da família. Ao final, o viajante é engolido pelo clã. Releiamos o poema "Comunhão", de Drummond, no qual o leitor reencontrará Carlinhos na capital do estado, enxergará uma poltrona vazia numa roda (possivelmente a de número 27) e constatará o peso do círculo familiar, a que sempre (sem que soubesse) o viajante esteve sujeito. *Poltrona 27* ilumina os rostos familiares que a *viagem* tinha decapitado:

Todos os meus mortos estavam de pé, em círculo,
eu no centro.
[...]
Nenhum tinha rosto. O que diziam
escusava resposta,
ficava parado, suspenso no salão, objeto
denso, tranquilo.
Notei um lugar vazio na roda,
Lentamente fui ocupá-lo.
Surgiram todos os rostos iluminados.

29/03/2010

Obras do autor

O sol nas paredes (contos)
Edição independente, 1980; Pulsar, 2000, 3ª edição.

Memórias da sede (contos)
Lemi, 1982, Prêmio de Literatura Cidade de Belo Horizonte.

A dança dos cabelos (romance)
Espaço e tempo, 1987; Record, 2001, 10ª edição, prêmios Guimarães Rosa e Lei Sarney (autor revelação de 1987).

Coração aos pulos (contos)
Record, 2001, Prêmio Especial do Júri da União Brasileira de Escritores, em 2003. 1ª edição.

O pescador de latinhas (crônicas)
Record, 2002, 2ª edição; Ministério da Educação, PNBE, 2009.

Entre BH e Texas (crônicas)
Record, 2004, 2ª edição.

Sombras de julho (romance)
Estação Liberdade, 1990; Atual/Saraiva, 2005, 16ª edição, Prêmio Bienal Nestlé de Literatura Brasileira em 1990.

O último conhaque (romance)
Record, 2003, 5ª edição.

O vestido (romance)
Geração Editorial, 2004, 5ª edição, finalista do Prêmio Jabuti 2005; Ministério da Educação, PNBE, 2009.

O chapéu do seu Aguiar (crônicas)
Leitura, 2007. 1ª edição.

A ostra e o bode (crônicas)
Record, 2007. 1ª edição.

A mulher dos sapatos vermelhos (crônicas)
Geração Editorial, 2010. 1ª edição

Obras no exterior

O vestido (*Il Vestito*)
Cavallo di ferro, Itália, 2004, tradução de Mariagrazia Russo.

Sombras de julho (*Ombre di Luglio*)
Il Filo, Itália, 2008, tradução de Mariagrazia Russo.

15 cuentos brasileros, antologia organizada por Nelson de Oliveira, Editora Comunicarte, Córdoba, Argentina.

Obras adaptadas para o cinema e televisão

Estranhas criaturas, conto de *Memórias da sede*, foi transformado em filme por Aaron Feldman na década de 1980.

Sombras de julho foi adaptado para a TV (minissérie da TV Cultura de São Paulo) e cinema por Marco Altberg, em 1995.

O vestido foi adaptado para o cinema por Paulo Thiago, em 2007.

"Um brilho no escuro", conto de *Coração aos pulos*, foi adaptado por Breno Milagres para minissérie na TV Bandeirantes, em 2010.

Sobre o autor

1956 — Nasce em Coluna, no Vale do Rio Doce, Minas Gerais. Primeiro dos oito filhos do farmacêutico Herculano de Oliveira Lopes e da professora Iracema Aguiar de Oliveira.

1964 — Entra para o Grupo Escolar Professora Heroína Torres, em Coluna, onde estuda até 1968, quando conclui o curso primário com a professora Nilza Maria de Oliveira.

1969 — Muda-se para Belo Horizonte, para estudar no Colégio Arnaldo, e conclui o curso ginasial em 1972, quando se transfere para o Colégio Promove. Vende curiós, que traz de Coluna. Com o dinheiro compra sua primeira máquina de escrever.

1976 — Começa a trabalhar como boy na Prefeitura de Belo Horizonte e a estudar jornalismo na FAFI/BH. Publica seus primeiros contos na revista *Ars Média*, da Fundação Clóvis Salgado, de BH, dirigida por Márcio Almeida; no *Suplemento Literário de Minas Gerais*, dirigido por Wilson Castelo Branco; no Suplemento cultural do jornal *Estado de S. Paulo*, dirigido por Ana Maria Lopes da Silva; e na *Revista Literária* da UFMG, dirigida por Plínio Carneiro.

1979 — Termina o curso de jornalismo e é convidado pelo jornalista Carlos Felipe para integrar a editoria de pesquisas do jornal *Estado de Minas*. Antes havia estagiado no *Jornal de Minas*, no suplemento literário *Destaque*, dirigido por Emílio Grimbaum, e no *Jornal de Casa*, ambos de BH. No *Estado de Minas* é colega dos escritores Roberto Drummond, Wander Piroli, André Carvalho, Geraldo Magalhães, Jorge Fernando dos Santos, entre outros.

1980 — Lança por conta própria, com prefácio de Rui Mourão, o primeiro livro, *O sol nas paredes*, de contos, que vende nos bares de BH e em outras cidades.

1982 — Com o segundo livro de contos, *Memórias da sede*, ganha o Prêmio de Literatura Cidade de Belo Horizonte. No júri estão os escritores Murilo Rubião, Lúcia Machado de Almeida e Ari Quintela. O livro é publicado pela Editora Lemi, de BH.

1984 — Com seu primeiro romance, *A dança dos cabelos*, vence o Prêmio Guimarães Rosa, da Secretaria de Estado da Cultura de MG. Por influência de Rose Marie Muraro, o livro é publicado na Editora Espaço e Tempo, no Rio.

1987 — *A dança dos cabelos* dá ao escritor o Prêmio Lei Sarney, como autor revelação daquele ano. O prêmio é entregue no Palácio dos Bandeirantes, em São Paulo, pelo vice-governador do estado, Almino Afonso.

1989 — Deixa o jornal *Estado de Minas* e começa uma viagem pelo nordeste brasileiro, Argentina, Portugal e Espanha.

1990 — Seu segundo romance, *Sombras de julho*, é o vencedor da Quinta Bienal Nestlé de Literatura Brasileira. O júri é formado por: J.J.Veiga, Flávio Loureiro Chaves, Luzilá Frota Fonseca, Maria Alice Barroso e Antonio Barreto. O livro é lançado em São Paulo pela Estação Liberdade.

1991 — Afastado do jornalismo, vende queijo Minas e cachaça para sobreviver.

1993 — *A dança dos cabelos* é um dos livros indicados para o vestibular da UFMG. Participa, no Memorial da América Latina, em São Paulo, do Primeiro Congresso de Escritores de Língua Portuguesa.

1995 — *Sombras de julho* é transformado em minissérie para a TV Cultura de São Paulo pelo diretor Marco Altberg, que depois o adapta para o cinema. Lança seu terceiro romance, *O último conhaque*, pela Editora Record. Morre o seu pai, Herculano de Oliveira Lopes. Volta a trabalhar no *Estado de Minas*.

1998 — Casa-se, em Belo Horizonte, com a médica Adrianne Mary Leão Sette e Oliveira.

2002 — Começa a escrever uma crônica semanal no jornal *Estado de Minas*.

2002 — Pelo livro de contos *Coração aos pulos*, Editora Record, recebe o Prêmio Especial do Júri da União Brasileira de Escritores e, pelo conjunto da obra, é um dos dez finalistas do Prêmio Jorge Amado.

2003 — Compra parte da Fazenda São Joaquim, em Coluna, deixada pelo seu pai, e passa a criar gado de corte.

2004 — Seu quarto romance, *O vestido*, Geração Editorial, é filmado por Paulo Thiago e fica entre os finalistas do Prêmio Jabuti. O livro é indicado para o vestibular da PUC-MG.

2005 — *O vestido* é publicado na Itália, pela editora Cavallo di ferro, com tradução da professora Mariagrazia Russo, da Universidade de Viterbo. *Sombras de julho* é um dos indicados para o vestibular da Universidade Federal de Viçosa.

2006 — Participa, junto com vários escritores, do Projeto TIM Estado de Minas Grandes Escritores, e viaja por várias cidades de Minas falando sobre sua obra.

2007 — A professora Eloísa Elena Resende Ramos da Silva apresenta dissertação ao Centro de Ensino Superior de Juiz de fora, *Três Isauras e uma identidade em Carlos Herculano Lopes*, sobre *A dança dos cabelos*.

2008 — *Sombras de julho* é lançado na Itália pela Editora Il Filo, com tradução de Mariagrazia Russo. É paraninfo dos formandos da Universidade Federal de Viçosa. O professor André Adriano Brum apresenta na Unioeste (Universidade Estadual do Oeste do Paraná) a dissertação de mestrado *O trançado da morte nas tramas do tempo: uma leitura da condição feminina* em *Cartilha do silêncio*, de Francisco Dantas, *e A dança dos cabelos*, de Carlos Herculano Lopes.

2009 — *O último conhaque* é um dos livros indicados para o vestibular da UEMG (Universidade do Estado de Minas Gerais).

Este livro foi composto na tipologia Slimbach,
em corpo 10/14,85, e impresso em papel off-white $90g/m^2$,
no Sistema Cameron da Divisão Gráfica
da Distribuidora Record.